"HISTÓRIAS PUXAM A HISTÓRIA."

CRÔNICAS

PARA LER NA ESCOLA

JOEL RUFINO DOS SANTOS

OBJETIVA

© 2013 by Joel Rufino dos Santos

Todos os direitos desta edição
reservados à Editora Objetiva Ltda.,
rua Cosme Velho, 103
Rio de Janeiro — RJ — CEP: 22241-090
Tel.: (21) 2199-7824
Fax: (21) 2199-7825
www.objetiva.com.br

Capa e projeto gráfico
Crama Design Estratégico

Imagem de capa
Bruno Veiga

Produção gráfica
Marcelo Xavier

Revisão
Raquel Correa
Cristiane Pacanowski

Editoração eletrônica
Abreu's System

CIP-BRASIL. CATALOGAÇÃO-NA-FONTE
SINDICATO NACIONAL DOS EDITORES DE LIVROS, RJ

S235c
    Santos, Joel Rufino dos
        Crônicas para ler na escola: Joel Rufino dos Santos / Joel Rufino dos Santos; [seleção Marisa Lajolo]. – 1. ed. – Rio de Janeiro: Objetiva, 2013
        170 p.; 23 cm

        ISBN 978-85-390-0508-6

        1. Santos, Joel Rufino dos, 1941- Literatura infantojuvenil. 2. Crônica brasileira. 3. Literatura infantojuvenil brasileira. I. Título.

13-01454
                                        CDD: 028.5
                                        CDU: 087.5

CRÔNICAS
PARA LER NA ESCOLA

JOEL RUFINO DOS SANTOS

SELEÇÃO MARISA LAJOLO

Sumário

Apresentação, 9

Colégio, 15

Imaginação, 19

História política do futebol, 25

Barbosa, 29

No Maracanã, domingo à tarde, 33

Brancos sempre esperam que os outros cumpram o seu dever, 35

Clássicos errantes, 39

O que é um bom romance?, 43

O Minotauro, 47

O violino de Von Martius, 49

Os escroques, 55

Avenida Vasco da Gama, 463, 59

Óleo de dendê, 63

O agora mesmo, 69

Recado carinhoso para um zagueiro, 75

Histórias, 79

A fé não pode faiá, 81

Laylat al-Qadr, 83

O pó da condessa, 89

Napoleão no Brasil, 91

Incidente em Antares, 95

Irene, 99

Uma pistola dourada, 103

A profecia dos caifazes, 105

As banhas do ouvidor, 107

Os papéis de Carolina, 111

Carolina e Dete, 115

O comunista hormonal, 119

A hora do show, 123

A camisola, 125

A puta espirituosa, 127

O soldado amarelo, 131

Um que se ferrou, 133

A origem do leitor, 135

O fim das classes, 139

Lição de Rui, 143

Lealdade, 145

A pele, 147

Um chofer de praça, 151

Miosótis fanado, 155

Final feliz, 157

A moça triste e o picareta, 161

La sábana amarilla, 165

Datas e locais de publicação das crônicas deste volume, 169

Apresentação

Veja só: muitas vezes, na Europa de antigamente, o profissional que hoje se chama *historiador* era chamado de *cronista*.

No século XV português, por exemplo, Fernão Lopes foi nomeado pelo rei d. Duarte para o cargo de *cronista mor do reino*. Foi no exercício desta função que ele escreveu várias narrativas que contavam a vida e os feitos de reis de Portugal, das quais sobrevivem até hoje apenas três: a *Crônica de d. Pedro*, a *Crônica de d. Fernando* e a *Crônica de d. João*.

Esta tão antiga relação entre *crônica* e *história* talvez se explique pela origem da palavra *crônica*, que deriva de *Cronos*, nome do deus grego que administrava o tempo.

Esse arco composto por *história, tempo* e *crônica* é o portal pelo qual entramos nesta bela antologia de Joel Rufino dos Santos. Professor muito experiente, com farta vivência em salas de aula de diferentes níveis, cada crônica deste livro é como uma conversa, uma aula: daquelas aulas *ma-ra-vi-lho-sas* que a gente queria que nunca tocasse o sinal para acabar!

Professor de História e de Literatura, não é de estranhar que estas duas senhoras sejam as frequentadoras mais assíduas deste livro. Isto é, que seja a partir delas — personagens & eventos históricos, romances & leituras — que Joel arrasta seus leitores — encantados — para episódios cotidianos da vida de todos nós.

Para muita gente — e, talvez, para muitos leitores deste livro —, história (com maiúscula, História) é uma disciplina escolar que se ocupa de fazer listas de heróis e de datas, de relatar guerras, de narrar episódios que tiveram consequências políticas. Episódios, guerras e heróis geralmente *muito* antigos, que são apresentados de uma forma tão mecânica que quase nunca conseguimos relacioná-los com a vida que vivemos hoje.

É uma experiência histórica completamente diferente a que nos proporcionam as crônicas deste livro.

Diferente e irresistível.

Dificilmente não nos apaixonaremos pela história, tão instigante é a forma pela qual Joel nos apresenta os episódios que narra. Como se o tempo fosse circular: o passado mais remoto e o presente se dão as mãos.

Há sempre, na voz do narrador das crônicas, um toque de humor e de picardia que, compartilhados com o leitor, tornam irresistível o ponto de vista do qual os episódios são narrados.

Ponto de vista dos *de baixo*.

Valendo-se da história como outros cronistas valem-se do cotidiano, chega através dela ao *hoje*, ao nosso *aqui* e *agora*, não importando se o episódio de que se ocupa a crônica tenha se passado na Roma antiga, trezentos anos antes de Cristo ("A origem do leitor"), na Bahia de 1822 ("Miosótis fanado") ou no Pernambuco do século XVII, que viu nascer Zumbi, como narra a crônica "Uma pistola dourada".

Em cada uma destas crônicas, a voz que a narra sabe sinalizar bem ao leitor *o que estava em jogo, quem mandava* e *quem era mandado, quem pagava* e *quem recebia, quem estava no alto* e *quem estava embaixo.*

Solidariedade entre quem está lendo (o leitor) e aquilo que está sendo lido (um livro) talvez seja o sonho maior de quem escreve (o autor). E escritores podem dispor de diferentes estratégias para fortalecer esta aliança. Uma delas parece ser alguns toques de humor e outras tantas piscadelas para o leitor. Recurso de que se vale Joel ao longo dos textos, como quando, por exemplo, relatando um episódio peruano do século XVII ("O pó da condessa"), minimiza a veracidade do que narra, aludindo com ironia à prática hoje corrente de descendentes reclamarem do que dizem de seus tataratataratataravós biógrafos e pesquisadores, ou quando se define como *inventor* do que narra ("Napoleão no Brasil").

Cruzando vários dos episódios narrados em suas crônicas, cresce a temática do racismo ("O violino de Von Martius"), do continuado preconceito contra os negros ("Os papéis de Carolina") e das lutas de negros e de abolicionistas contra a escravidão no Brasil ("Laylat al-Qadr", "A profecia dos caifazes").

A ausência da retórica de palanque de discursos inflamados em tais textos não os torna menos políticos nem menos militantes. Muito pelo contrário. A neutralidade da voz que narra, seu tom pausado e discreto, os toques inesperados de ironia e o recorte preciso das situações são recursos seguros. O narrador envolve o leitor, sinalizando a leitura: *histórias puxam a História*, adverte ele em "Histórias". E o leitor toma posição face ao que lê. Contra ou a favor. Mas toma posição.

Mais recentes do que a escravidão e os movimentos abolicionistas, passagens da vida brasileira ao tempo da ditadura militar (1964-1985) também cruzam com frequência estas crônicas de Joel.

Nos 21 anos que separaram a deposição de João Goulart, o Jango (1964), da eleição de Tancredo Neves (1985), a vida de muitos brasileiros e brasileiras recebe marcas fortes da ditadura militar. São anos sombrios, marcados por prisões arbitrárias de suspeitos de oposição ao regime, por terríveis sessões de tortura e pelo exílio de milhares de brasileiros.

Entre as vítimas sobreviventes dos desmandos dos donos do poder de então figura Joel Rufino dos Santos, o autor deste livro.

Em primeira pessoa, no tom pessoal do memorialismo, ao qual, no entanto, não falta o rigor do historiador, são vários os textos, dentre os aqui reunidos, que reconstituem momentos do dia a dia dos que pagaram caro a oposição que fizeram ao governo militar.

Passadas mais de duas décadas do restabelecimento de um regime constitucional, as cicatrizes da violência não ficaram apenas no corpo e na memória dos que sofreram torturas, prisão e exílio. É só aos poucos que as marcas da violência se vão apagando do tecido social brasileiro que, volta e meia, reencontra heranças deste passado não tão remoto.

No caso das crônicas de Joel, o movimento é múltiplo: suas experiências de preso político e de exilado não apenas sofisticam o olhar com que, como historiador, ele observa e narra episódios de tempos mais antigos, mas também afina a voz com que o fala do presente, deste século XXI em que vivemos todos nós.

Cenas de tortura que presenciou, detalhes de interrogatórios, conversas com outros prisioneiros e experiências do exílio são matéria de crônicas.

Os lençóis amarelos da cama que o hospedou na Argentina (*"La sábana amarilla"*) e a bela narrativa que evoca o episódio de sua experiência carcerária ("Incidente em Antares") são exemplares. Exemplares, por um lado, do tom tranquilo em que Joel discorre sobre suas experiências no período; e, de outro, do detalhe e da minúcia com que as cenas são recuperadas.

A crônica que tem por título o romance de Erico Verissimo — livro que um coronel considerava *comunista* — é um caminho para se chegar a outro tema que também cruza os textos de Joel: livros e leitores.

Aqui, temos a sensação de estarmos sentados ao lado de um grande leitor; sensível e apaixonado pelo que lê. Tão apaixonado que nossa vontade é sair correndo para achar o livro do qual Joel fala.

O divertido enredo do sobrinho que tenta enganar a tia rica ("A camisola") vem da história que Eça de Queiroz narra em *A relíquia*; e "O Minotauro" discute, a partir da obra homônima de Monteiro Lobato, diferentes identidades negras construídas pela literatura em momentos distintos. Obras dos brasileiros Graciliano Ramos ("O soldado amarelo") e Carolina Maria de Jesus ("Carolina e Dete"), ao lado do norte-americano Erskine Caldwelll ("Lealdade") e do italiano Curzio Malaparte ("A pele"), constroem uma admirável estante, cujos volumes o cronista comenta, e o leitor se sente tentado a ir conferir.

De experiências escolares de Joel ("Colégio") a autores contemporâneos nossos, como José Saramago ("O comunista hormonal"), são inúmeras as perspectivas a partir das quais livros e leitura frequentam crônicas deste volume, muitas vezes entrelaçando-se a episódios históricos.

Vêm do mundo dos livros algumas sugestões para o prolongamento da fruição da leitura desta antologia. A invenção, por exemplo, de uma divertida Sociedade dos Contempladores de Livros da Biblioteca ("Os escroques") é o pretexto para o cronista inspirar *reescrituras de clássicos,* como inventar um caso amoroso entre a mãe de Bentinho e José Dias, personagens de *Dom Casmurro.*

Quem aceitar a sugestão do autor tem, com certeza, além de diversão garantida, a proposta de um novo olhar com que revisitar os clássicos. E, envolvido nisso, talvez o leitor descubra, como eu descobri — encantada —, que o que estrutura as crônicas deste livro é a reescritura, quer da história, quer dos livros que contam histórias. E, voltando lá para a página 79 ("Histórias"), concorde com o cronista que ensina a quem o lê que "histórias puxam a História".

E não é que é verdade mesmo?

Marisa Lajolo

Colégio

No primeiro dia de aula, ele entrou:

— Me chamo professor Matta.

Era 1953, eu tinha 12 anos. Vínhamos do primário, uma só professora, um só livro para todas as matérias. Conheceríamos, agora, o ginásio! Cada matéria um professor, cada professor um livro.

Eu nunca ouvira latim, nem de padre. O homenzinho redondo, careca rodeada na base de uma penugem branca como coroa de louros, se virou para o quadro e escreveu: *Gallia est omnis divisa in partes tres, quarum unam incolunt Belgae, aliam Aquitani...* [A Gália, como um todo, se divide em três partes, uma das quais habitada pelos belgas, por outro lado, a Aquitânia...]

— É de Julio César, general romano que conquistou a Gália, cinquenta anos antes de Cristo.

O efeito sobre mim foi terrível. Então um general romano escrevera aquilo, há mais de mil anos, para *mim*? Eu, filho de dona Felícia, podia ler as garatujas que o grande homem deixara?

Meu coração batia, enquanto eu balançava as canelas por baixo da carteira. A sensação foi de poder: eu pertencia à humanidade, a humanidade era eu.

Nenhum professor daquele honesto ginásio suburbano, onde me diverti dos 12 aos 15 — enquanto outros penaram —, me impressionou. Meus heróis foram de papel: os livros de latim, francês e português. Traziam todos antologias, adocicando as lições de gramática. Conheci Cícero, Eutrópio, Alexandre Herculano, Alfred de Musset, sra. Leandro Dupré, Coelho Neto...

Versos de Vicente de Carvalho sobre um menino que vão enterrar, "nem caminho deixam para os que lá ficam..." Eu perdera um colega tuberculoso, as pernas afinando a cada dia, e o poema de Carvalho me enchia de medo. Em compensação, o final da *Mort du Loup*, de Alfred de Vigny, me enchia de força: morre sem reclamar, *gémir, pleurer, prier est également lâche* [gemer, chorar, rezar, é igualmente covarde].

Me visitam até hoje, na insônia habitual dos velhos, sentindo a noite escoar por uma fresta de janela mal fechada. Nessas horas em que se agradece a Deus, agradeço aos antologistas antigos, especialmente ao que me apresentou o estouro da boiada, de Euclides da Cunha:*

---

* Os "heróis de papel" a que me referi nos últimos parágrafos pertencem a tempos e nacionalidades diferentes. Comecei pelos ilustres pensadores romanos Cícero (106 a.C.-43 a.C.) e Eutrópio (século IV d.C.). O primeiro, um inigualável linguista e filósofo; o segundo, historiador. Herculano (1810-1877) foi um jornalista e poeta romântico português. Musset (1810-1857) e Alfred de Vigny (1797-1863), poetas do romantismo francês. Os brasileiros Maria José Dupré (1905-1984), Coelho Neto (1864-1934) e Vicente de Carvalho (1866-1924) deixaram belos escritos: *Éramos seis* é o livro mais famoso da sra. Dupré; Coelho Neto ficou conhecido pelo tamanho e pela variedade de sua obra; Vicente se destacou como jornalista, político, poeta e contista. E, por fim, o grande escritor e jornalista Euclides da Cunha (1866-1909), autor de *Os sertões*, uma das obras mais impactantes de nossa literatura e que narra a história da Guerra de Canudos e Antônio Conselheiro.

"De súbito, porém, ondula um frêmito sulcando, num estremeção repentino, aqueles centenares de dorsos luzidios. Há uma parada instantânea. Entreabrem-se, enredam-se, trançam-se e alteiam-se fisgando vivamente o espaço, e inclinam-se, e embaralham-se milhares de chifres. Vibra uma trepidação no solo; e a boiada estoura..."

É, até hoje, para mim, a vitória da literatura.

Imaginação

Vivi gostava de aula de história, mas para guardar data era uma tristeza. A professora:

— Dom Pedro proclamou a Independência em 1822.

Daí a um minuto perguntava:

— Em que ano foi a Independência do Brasil?

Vivi não sabia.

A prima, Isabel, lhe contou como foi o Descobrimento do Brasil:

— Isso aqui era coberto por uma lona enorme, de circo. Pedro Álvares chamou os filhos, cada um pegasse numa ponta. Contou: um, dois, três... Já! Levantaram ao mesmo tempo. Estava descoberto o Brasil.

Não acreditou. Como haveria lona para cobrir de São Paulo a Dores do Indaiá, onde nascera o pai? Manaus, onde morava a avó, nem se fala.

Em 1556, contou outra professora, os índios caetés fizeram uma barbaridade.

Uma sombra passou pelos olhos da menina. Não gostava da palavra barbaridade. Vira numa história em quadrinhos rasparem à força a barba de um velho. Legenda: "Barbaridade."

— O bispo dom Pero Fernandes Sardinha voltava para Portugal quando o navio afundou em Alagoas. Nadava bem, chegou à praia, se alimentou de pitangas e uns peixinhos pequenos. Apareceram os índios. Sem qualquer respeito comeram o bispo.

— Como chamava ele, dona Juliana?

— Sardinha.

A prima Isabel a puxou de lado:

— Foi assim que se inventou esse peixe.

Vivi imaginou o bispo trancado em lata de azeite. Os caetés em volta da latinha retangular:

— Está inventada a sardinha!

Tinha medo de ir e voltar da escola.

Na esquina havia sempre um despacho de umbanda: alguidar, cachaça, velas, galinha preta. Ela, Isabel, Eduardo e Raphael, fazendo o mesmo caminho, pulavam pra outra calçada.

— No Egito — contou a professora —, quando morria um faraó, enterravam ele na pirâmide. De lado, botavam comidas, bebidas e objetos.

— Que objetos?

— Imagine. Pulseiras, caixas de joias, brinquedos de quando o morto era criança.

— E velas, e galinha morta, e cachaça?

— Cachaça não se conhecia, vela não sei. Botavam cerveja, com certeza.

— Pra quê?

A professora embatucou:

— Eram inteligentes, mas acreditavam que no outro mundo o morto fosse comer, beber, luxar e brincar.

— Se eram inteligentes, como iam acreditar nessa barbaridade?

— Pois é, ninguém sabe. Muitos povos acreditavam em despacho. Acham que devemos devolver à natureza o que gastamos dela.

Em casa, Vivi perguntou ao tio, que lia em outras línguas. Ele explicou:

— A religião dos faraós era uma espécie de macumba. Veja só, Victoria.

A professora de geografia mandou desenharem a Terra. Trabalho de casa.

Victoria botou uma lata de ervilha na folha branca, foi contornando com a caneta. A mãe disse que estava errado:

— A Terra não é bem redonda. Parece mais tangerina.

— Como tangerina?

— Bergamota, mexerica. Não é redonda. É achatada.

Consertou. Lá estava o planeta do jeito que é. Pôs os continentes em cor de abóbora. Os mares azuis. Os polos deixou na cor branca do papel.

Descobriu que o nome do planeta está errado:

— Devia se chamar água.

Nunca deixava de admirar o que fizera. Olhou de perto, de longe, com um olho só, pôs os óculos da mãe pra aumentar. Nunca fizera uma coisa assim. Colou a maravilha numa cartolina dura. Recortou. Enfiou um lápis no meio, começou a girar o planeta. Passeava de lá pra cá. Levou a obra ao quintal, mostrou ao cachorro, entrou no galinheiro dando aula às galinhas:

— É aqui que vivemos. Se vocês tivessem cérebro iam compreender.

Quando alguém era teimoso, a mãe dizia:

— Cérebro de titica.

Devia ser o caso das galinhas e seus parentes.

O irmão, com inveja, notou uma coisa:

— O seu planeta Terra ficou bonito. Mas o Brasil está de cabeça pra baixo.

A menina deu uma volta completa no lápis. O Brasil ficou certo, a parte mais larga pra cima.

A professora explicou:

— Olha, no espaço não tem lado de cima nem lado de baixo. O Brasil pode ficar de cabeça pra baixo ou de cabeça pra cima. O freguês escolhe.

Victoria não entendeu.

— Explico melhor. Imagine que você é um ET. Vem voando pra nos visitar. Como vai aparecer o Brasil? Depende do lado que você vem.

Victoria continuou na mesma. A professora coçou a cabeça. Era boa de explicação:

— Esquece o ET. Imagine então que você é aquela mosca ali no teto. Está olhando pra nós aqui embaixo. Você está vendo a gente em cima, certo?

— Mas quem está em cima é a mosca.

— Você começou a entender. Pra mosca nós estamos em cima, pra nós a mosca é que está em cima.

Em casa, Victoria ficou girando o planeta de cartolina. Ora o Brasil ficava de cabeça pra baixo, ora não ficava.

Tio Nelson trouxe de viagem um chapeuzinho e um poncho de alpaca. Victoria vestiu os presentes e saiu imitando a moça que viu na televisão:

— Sou uma *cholita* boliviana.

O vendedor de cuscuz, que passava toda tarde, deu um muxoxo. Exigiu explicação.

O tio socorreu a menina:

— *Cholita*, naquelas bandas, quer dizer moça bonita. Nem branca, nem índia. Moreninha. E de trança por baixo do chapeuzinho. Nunca viu?

— E este capote? — perguntou o vendedor.

— Não é capote, seu Adão. Por favor.

O tio de Victoria via tudo no dicionário:

— É poncho. Capa quadrangular de lã grossa com uma abertura no meio por onde se enfia a cabeça. Não está vendo?

Victoria, exibida, sacudia as pontas do poncho:

— Esse meu é de alpaca.

Vendo que ninguém dera importância à informação, o tio informou:

— Alpaca é um animal que vive no Peru e na Bolívia. Parente distante do camelo.

— Já sei — disse o cuscuzeiro. — É o mesmo que lhama. E a Bolívia fica na Ásia.

Victoria hesitou:

— Quer dizer... Fica e não fica...

Se despediu e entrou em casa, batendo os saltos. Procurou o dicionário. Alpaca é lhama? E onde fica a Bolívia?

Procurou na letra "b". Nada. Procurou de novo, marcando com o dedo. Não queria pedir socorro ao tio.

— Mãe! O dicionário não tem Bolívia. Bem falei que este não presta.

Dona Teresa explicou que dicionário não tem nomes próprios, nem de países. Consultasse o atlas.

Victoria não acreditou no que leu. Então um país que fala três línguas, as mulheres usam poncho de alpaca e chapeuzinho redondo é menor que a Bahia?

História política do futebol

Certa manhã de fevereiro de 1937, desembarcou, todo lampeiro, na praça Mauá, Rio de Janeiro, o técnico húngaro Dori Kruschner. Vinha precedido, naturalmente, do enorme prestígio que sempre cerca, no Brasil, os técnicos de qualquer coisa. (Alguns anos antes, por exemplo, um geólogo americano, Mr. Oppenheim, levantara tremenda polêmica no país, ao afirmar, categoricamente, que não tínhamos petróleo.) Dia seguinte já estava se exibindo na Gávea, o boné quadriculado, o apito na boca, as pernas de leite.

Nossos times arrumavam-se em campo ainda como nos tempos de Charles Miller:* goleiro — dois zagueiros — três médios — cinco atacantes. Kruschner vinha trazer uma outra arrumação, considerada

---

* Charles Miller (1874-1953) é considerado um dos pais do futebol brasileiro. Filho de um escocês e de mãe brasileira, aprendeu tudo sobre o esporte na Inglaterra, onde foi morar quando criança. Voltou ao Brasil em 1894, contribuindo muito para tornar o futebol popular por aqui.

superior, o WM: goleiro — três zagueiros — dois médios — dois meias — três atacantes. Trazia, além disso, o individual, a ginástica puxada, sem bola. E a *medicineball*. O Feiticeiro de Viena, embora ele fosse de Budapeste, ia atualizar nosso futebol.

Naquele primeiro treino, ele escalou um negrão alto e magro de zagueiro, para jogar entre os outros dois. Sua função principal era marcar o centroavante adversário. O negrão torceu o nariz mas não disse nada. Quinze minutos de treino, tinha-se mandado dezenas de vezes ao ataque, com sempre fizeram os centromédios brasileiros. O húngaro parava o ensaio, o negrão se mandava de novo. O cartola José Padilha se invocou. Enquanto fosse presidente do Flamengo aquele moleque não vestiria mais a camisa rubro-negra! O jogador levou a questão à Primeira Vara Cível, pedindo passe livre. Perdeu.

Meses a fio, comparecia ao escritório do cartola. Não era recebido. Os amigos pediram por ele: afinal, se tratava da melhor bola do país. "Só se pedir penico. E publicamente", respondia o dirigente. Um dia, os jornais apareceram com uma estranha carta: "Rogando ao muito digno técnico de futebol do Flamengo a grande gentileza de desfazer, perante o sr. Padilha, o mal-entendido..." E cocoreco, cocoreco, bico de pato. A maior humilhação a que um jogador de futebol já foi submetido neste país. Arriava as calças.

Quando saiu a convocação para a seleção da Copa do Mundo de 1938, ele estava tuberculoso. Ninguém falou na carta, nem na doença. Muito menos na relação entre as duas. No primeiro individual de 1939, o crioulo teve uma hemoptise.

— Você tem de se internar — diziam os amigos.

— Ainda não — ele respondia. — Quero mostrar que sou mais eu. E gringo nenhum, de fala difícil, é melhor do que o papai.

— O futebol evoluiu — insistiam. — A nova lei do impedimento acabou com o centromédio.

Ele, que sempre tinha respostas prontas, baixava a cabeça.

Manhã de março de 1939. Um sanatório perdido nos cafundós de Minas. A irmã bate na sala do diretor para avisar que o 301 morreu. O diretor assume um ar de critério e pergunta:

— Sabe quem era aquele crioulo?

— ...?

— Era... Era a Maravilha Negra.

É difícil encontrar um brasileiro que não tenha a sua história de futebol. Meu pai, por exemplo, contava que viu Lelé arrancar as balizas do velho campo do Madureira com um petardo da *zona do agrião*. Eu prefiro esta, de Fausto dos Santos, a Maravilha Negra, embora seja uma história triste. É que nela está o retrato de corpo inteiro do nosso futebol: a arte popular em luta contra os sistemas de jogo importados.

Quando a Maravilha Negra morreu, em 1939, o futebol atingia, no Brasil, a sua idade adulta. Estava definitivamente popularizado e profissionalizado. Durante os vinte anos seguintes viveu, então, o seu apogeu, para declinar — talvez — em seguida. ("Talvez" porque ninguém, exceto as ciganas, pode adiantar o futuro.)

Barbosa

Dezesseis de julho de 1950 não foi a data mais importante da história do Brasil, mas é inesquecível. Cento e setenta e quatro mil pessoas viram no Maracanã o Brasil perder, por 1 a 2, a Copa do Mundo para o Uruguai. Silêncio tumular, jogadores em prantos, consolados pelos próprios adversários.

Na Copa de 1994, o goleiro Barbosa vai à concentração da seleção brasileira desejar boa sorte. Conhecia o valor desses pequenos gestos. É barrado, o técnico Parreira acha que vai dar azar.

— No Brasil, a maior pena é de trinta anos, por homicídio. Eu já cumpri mais de quarenta anos de punição por um erro que não cometi — desabafa o goleiro da tragédia de 16 de julho.

A lavagem de roupa suja, autopenitência nacional, que se seguiu ao 16 de julho ("catástrofe", "hecatombe", diziam os jornais) produziu dois bodes expiatórios. Bigode, o *half* esquerdo (ainda se falava assim, "ralf"), que levou o drible do ponteiro Ghiggia, e Barbosa, o "goal-quíper" que deixou a bola passar no canto. Nenhum cartola ou jornalista disse que falharam por serem negros — havia outro negro, Zizinho, e pelo menos um mulato, Juvenal, no time.

Nas copas seguintes é que o racismo apareceu, disfarçado como sempre: a CBD (hoje CBF) e a imprensa difundiram que jogadores negros eram emocionalmente instáveis, amarelavam nas decisões, sentiam mais saudade de casa, dos amigos, do feijãozinho, do calor... Só deviam ser convocados quando não houvesse jeito.

Nelson Rodrigues lembrou um fato que só ele viu: num jogo contra a Argentina, cinco anos antes, Barbosa tremeu tanto que, no intervalo, teve que mudar de calção.

Esta é do cronista Luis Fernando Verissimo: "Estereótipos racistas sobre agilidade e elasticidade até favoreciam uma tese inversa, a de que negro é mais confiável do que branco no gol. Mas quando o Barbosa deixou passar aquela bola de Ghiggia, em 1950, o preconceito, até então disfarçado, endureceu e virou superstição."

O escritor Albert Camus, que foi goleiro do Racing Universitário de Argel (capital da Argélia), escreveu: "Nada me ensinou mais na vida do que ter sido goleiro."

Barbosa, vivendo de ajuda na Praia Grande, Santos, só dizia:

— Um dia as pessoas vão ver que não tive culpa.

Começara no Atlético Ypiranga, de várzea, chegou ao Vasco, à seleção e à tragédia. O epílogo foi em 1956, no Santa Cruz, do Recife, quando tomou seis gols numa partida. "Esse moleque estava na gaveta" (ou seja, foi subornado), manchete do dia seguinte. Atravessara a fase heroica, amadora, depois a profissional do futebol. Foi protagonista da transformação do futebol brasileiro, ex-freguês da Argentina. Experimentou na pele o amor-ódio contra o jogador negro. Recebeu elogios como nenhum outro "goal-quíper", foi execrado, também, como nenhum outro. Quando Dida foi escalado na Copa de 2006, 56 anos depois, o humorista Chico Anysio declarou:

— Não tenho confiança em goleiro negro. O último foi Barbosa, de triste memória na seleção.

A história do futebol brasileiro, de Charles Miller e Oscar Cox (cada estado brasileiro teve o seu pioneiro inglês) a Ronaldinho, é a história de grandes craques negros. Depois de Arthur Friedenreich (filho de alemão com negra), vieram Fausto dos Santos, a Maravilha Negra; Domingos da Guia, o Divino; Leônidas, o Diamante Negro; Zizinho, Ídolo de Ídolos; Djalma Santos, Didi e Pelé/Garrincha. Cada um deles reinventou o futebol.

Aonde chegavam os ingleses, chegavam o trem, o chá das cinco, o futebol. Como nos tornamos os melhores do mundo? Com a adoção do novo jogo pelos negros. O *football* é um equilíbrio de organização e arte, Apolo e Dionísio.* No Brasil, com a entrada dos negros se desequilibrou, ficou mais arte que organização. Nas copas do mundo de 1934 (Itália) e 1938 (França), fomos chamados de País do Futebol. Ninguém fazia melhor do que nós os fundamentos: passe, drible, controle de bola, gol. O futebol se mede pelo placar, mas não é o placar, são as jogadas criativas, os lances inacabados que ele não registra.

O estilo brasileiro mudou o formato e o peso das chuteiras. Não era possível imitar os brasileiros com aqueles borzeguins, couro duro e travas de ferro. O melhor futebol do mundo só foi possível porque jogávamos com bola de meia, de palha, de borracha, de capotão, em terrenos baldios, morros, descampados, quintais, pátios de escola, átrios de igrejas, refeitórios de fábrica, onde desse pra marcar as traves com pedra, graveto, camisa embolada, chinelos. Essa acumulação anônima sofisticou o jogo. Quem jogava era quem via — a exigência de qualidade era enorme.

---

* Apolo e Dionísio são deuses da mitologia greco-romana. São opostos e, por isso, considerados complementares. Dionísio representa a irracionalidade e a espontaneidade. Apolo está ligado a tudo que é racional, sábio e ordenado.

Hoje quem vê não joga, a qualidade diminuiu. Os antecedentes também ajudaram: o futebol brasileiro herdou da capoeira a ginga e do samba, a síncopa, que é o drible com a bola parada.

Rui Barbosa, Graciliano Ramos, Lima Barreto achavam um desperdício, até coisa pior, pobres negros patearem uma bola. Ainda em 1924, a Associação Metropolitana de Esportes Atléticos, da capital federal (Rio), vedava a inscrição de jogadores que tivessem "profissão braçal e não soubessem ler e escrever".

No Maracanã, domingo à tarde

Um amigo meu, famoso ator de TV, assistia a um Flamengo e Grêmio, no Maracanã. Toda vez que Cláudio Adão perdia um gol — e foram vários —, um sujeitinho se levantava para berrar: "Crioulo burro! Sai daí, ô macaco!" Meu amigo engolia em seco. Até que Carpegiani perdeu uma oportunidade "debaixo dos paus". Ele achou que chegara a sua vez. "Aí, branco burro! Branco tapado!" Instalou-se um súbito e denso mal-estar naquele setor das cadeiras — o único preto ali, é preciso que se diga, era o meu amigo. Passado um instante, o sujeitinho não se conteve: "Olha aqui, garotão, você levou a mal *aquilo*. Não sou racista, sou oficial do Exército." Meu amigo, aparentando naturalidade, encerrou a conversa: "E eu não sou."

Jogo correndo, toda vez que Paulo César pegava uma bola, algumas fileiras atrás um solitário torcedor do Grêmio amaldiçoava: "Crioulo sem-vergonha! Foi a maior mancada do Grêmio comprar esse fresco..." Meu amigo virou-se então para o primeiro sujeito e avisou: "Olha, tem um outro oficial do Exército aí atrás..."

Considero esse caso, extraído de uma interminável lista de conflitos raciais que conheço, bastante ilustrativo:

1º) Nós, brasileiros, quando somos pilhados em flagrante de racismo nos assustamos, reagindo, de imediato, contra quem denuncia. (Aquele inimigo do Cláudio Adão, por exemplo, alegou sua condição de oficial do Exército para "provar" que não podia ser racista.)

2º) Nosso preconceito racial, zelosamente guardado, vem à tona, quase sempre, num momento de competição. (O futebol é um caso mais que típico do "momento de competição".)

3º) Em nosso país os brancos sempre esperam que as minorias raciais cumpram corretamente os papéis que lhes passaram — no caso do negro, os mais comuns são artista e jogador de futebol. Se fracassam, lhes jogam na cara a suposta razão do fracasso: a cor da pele. (O sujeito achava muito natural ligar o fracasso de Cláudio Adão à sua cor preta; mas não aceitou que ligasse o erro de Carpegiani à sua cor branca.)

4º) Muitos negros, sobretudo da classe média, costumam hoje em dia dar o troco ao racismo dos brancos, assustando as pessoas que ainda creem numa "democracia racial brasileira". (Meu amigo confessa que a partir do incidente foi olhado como um negro perigoso, desses que parecem dispostos a brigar à toa.)

Brancos sempre esperam que os outros cumpram o seu dever

Um amigo preto, casado com mulher branca, me contou que na porta do seu prédio havia um guardador de estacionamento com quem estabeleceu uma curiosa relação. Sempre que retirava o carro, o guardador lhe perguntava se a madame tinha deixado "algum". "Deixou só isso", ele respondia. Nunca passaria pela cabeça do guardador que a madame sovina era esposa do outro. O casal combinou manter a farsa e, assim, pagar sempre menos pelo estacionamento.

O brasileiro se acostumou a ver o negro desempenhando determinados papéis: mendigo, empregado, operário, artista, jogador de futebol. Meu amigo não era conhecido como artista ou jogador, só podia ser chofer. Malandramente, ele se aproveitou da ignorância do guardador, mas o fato de estarem condenados a certos papéis subalternos — como uma praga — é fonte de angústia de milhões de brasileiros que não nasceram brancos. "Judeu é sempre comerciante" — e os que não são ou não querem ser? "Japonês é sempre esforçado" — e os que preferem malandrear?

Nos últimos cinquenta anos a sociedade brasileira estabeleceu para os negros dois novos papéis: sambista e jogador de futebol. Samba e futebol vieram na crista da Revolução de 30, a revolução que transformou o Brasil num país capitalista dependente. Claro, já existiam antes, mas, só então, seduzindo o povão e se profissionalizando, é que viraram "expressões da alma nacional". Os primeiros ídolos de massa, neste país, foram sambistas e jogadores de bola; e o primeiro bamba e o primeiro craque foram os negros reluzentes Pixinguinha e Leônidas da Silva. (Pode-se objetar que houve antes Sinhô e Cândido das Neves, Friedenreich e Fausto. Não importa: eram todos de cor.) Crescendo rapidamente na década de 1930, o capitalismo estabelecera o lugar dos pretos — o palco e o gramado.

Mesmo nesses dois lugares, porém, seus papéis eram rigidamente marcados: sambista não passava a empresário de samba, jogador de futebol não passava nunca a técnico, nem a juiz, nem a goleiro — não tinham, segundo a crença geral, serenidade e confiabilidade para essas funções. No Rio e em São Paulo, milhares de negros começaram, entretanto, a bater em outras portas, faculdades, negócios, forças armadas... — era natural, dado o seu grande número. Disputando cargos e funções com homens e mulheres brancos acabavam punidos como "negros que não se enxergam", "negros atrevidos que não reconhecem seu lugar" etc. (É fácil comprovar a veracidade disto. Todo brasileiro já ouviu ou disse, alguma vez, frase semelhante.)

As formas de punição social aos negros "que não reconhecem seu lugar" são pródigas. A mais comum é fecharem-lhes as portas. Os brancos, e até mesmo outros negros, não dão empregos a negros rebeldes, evitando conviver com eles. Há no futebol brasileiro um perfeito exemplo, que de pitoresco passou a trágico: Paulo César Lima, apelidado "Caju". Todos reconhecem que é um craque, só lhe fazendo uma restrição: "É metido demais", "Quer levar vida social", "É lhe dar os pés pra ele querer as mãos" etc. Restrição do mais cristalino racismo.

Outra forma de punir, muito nossa, é domesticar a pessoa de cor. Todo mundo conhece o "negro pai João", o "negro que se preza", o "negro que não mija fora do penico", e equivalentes. É sempre perigoso confiar demasiado nele, "pois preto quando não faz na entrada, faz na saída", mas o brasileiro branco costuma ter por perto — na condição de empregado, de "pau pra toda obra" e, até, de "amigo do peito" — um crioulo assim.

A domesticação é uma forma sutil de racismo. Muitos brancos não se acham sequer dispostos a admiti-lo, mas bastaria prestar um pouco de atenção à psicologia dos não brancos para constatar a deformação causada por ela. Ocorrem-me, a esta altura, dezenas de casos. Por exemplo, o de um amigo bem-sucedido que começou a ter problemas de relacionamento com o filho e procurou uma psicóloga; ele a procurou, entre outras razões, por sentir que estava transferindo para o garoto seus conflitos raciais. A psicóloga não concedeu qualquer atenção a essa problemática: "O problema só existe em você. Não é um problema real, que afete a relação entre pessoas da nossa sociedade."

Outro: como alguns negros de sorte, R. colecionou diplomas de curso superior. Começou a frequentar, montado neles, ambientes relativamente fechados da zona sul. Queixa-se que os amigos, sempre que vão apresentá-lo, enumeram a lista dos seus títulos, como se precisassem se justificar diante dos outros por andarem com ele; ou se quisessem tranquilizar as pessoas: "É negro, mas está domesticado por esse montão de diplomas aí."

Clássicos errantes

O primeiro livro que me impressionou foi a Bíblia. Essa impressão foi a razão mais antiga de eu ter me tornado escritor.

Minha família era batista, minha mãe contava com que eu me tornasse um bom cristão. Íamos à igreja quarta à noite e domingo pela manhã e à noite. Aí pelos 13 anos, larguei a igreja, desisti de acreditar em Deus — mas não é isso que pode interessar ao leitor. Talvez possa lhe interessar o seguinte: no meu caso, a literatura venceu a fé. Isso não significa que sejam antônimas. Há um pouco de literatura em toda fé e vice-versa.

As igrejas evangélicas — batista, presbiteriana, metodista — eram bastante literalizadas, naquele tempo. Giravam em torno desse maravilhoso livro de histórias, cujo nome vem do grego *biblos*, livro. O que o leitor encontra ali são histórias, da primeira à última página. Na minha igreja se lia, recitava, dramatizava, pregava, além de cantar. Um hino tinha um verso inesquecível: a mão de Deus aparecia na parede. Eu a confundia com um monstro sulino, o Mão de Cabelo, sempre de branco, esguio, com mãos de fachos de cabelo; se menino mijasse na cama vinha de madrugada cortar sua minhoquinha. Eu evitava também, covardemente, o livro do Apocalipse (o último da Bíblia, escrito pelo apóstolo João): "E eu pus-me sobre a areia do mar e vi subir do mar uma besta que tinha sete cabeças e dez chifres, e sobre os seus chifres dez diademas, e sobre suas cabeças um nome de blasfêmia."

Uma das brincadeiras preferidas, de adultos, jovens e crianças, era disputar quem sabia mais versículos de cor:

— "O coração alegre aformoseia o rosto", de quem é?

— Habacuque 12, 16!*

— 12, 12. Errou.

O curioso é que minha outra fonte literária fossem os gibis.

Minha mãe os perseguia, certa de que formavam facínoras. É o mesmo argumento de educadores que, na atualidade, desaconselham games violentos. Talvez tenham razão, mas aqui, como na Bíblia, o que aparece — o religioso, o criminal — acaba vencido pelo que não aparece, ou só aparece para alguns poucos meninos, futuros leitores e/ou escritores.

Eu escondia gibis debaixo dos colchões. Talvez minha mãe fingisse não ver; com o tempo, liberou os que não traziam facínoras, só histórias de bichos, personagens cretinas, o Pernalonga, o Pluto, o Mickey — que eu achava nojento não por ser rato, mas por trabalhar de graça e feliz para a polícia.

Havia no subúrbio carioca daquele tempo um mercado de troca de gibis, montamos o nosso nicho, abastecido por um homem gordo que apontava toda tarde no fim da rua, bufando ao peso de uma pasta escura. Trabalhava na editora Globo e talvez fosse feliz distribuindo literatura: Nioka, a Rainha da Selva; o Homem Submarino (Príncipe Namor); o

---

* Habacuque foi um profeta do Antigo Testamento e autor do livro bíblico que leva seu nome.

Tocha Humana; o Capitão Marvel contra o Doutor Silvana; Mandrake & Lothar; Zorro & Tonto...

Minha terceira fonte literária foram os livros errantes.

Passavam por tantas mãos, esbeiçados, manchados de banha, de lágrimas, muitos sem a última página, a assinatura do primeiro dono raspada a gilete, invadidos por comentários tristes ou palavrões, *Moby Dick*, *A tulipa negra*, *Ivanhoé*, *A volta ao mundo em oitenta dias*...* Um deles só era repassado para homem adulto, *A carne*, de Júlio Ribeiro; outro, só para mulheres, *O meu vestido cor do céu*, de Madame Delly.

Esses livros errantes, sem dono, comunitários, foram o céu para a maioria dos meus vizinhos. Voltavam deles, satisfeitos, recaíam nos gibis, na Bíblia, nas revistas de amor, como *Grande Hotel*, nas coleções como Sabrina. Entre meus 10 e 15 anos, me impressionaram forte *A relíquia*, de Eça de Queiroz; *Babbitt*, de Sinclair Lewis; *Éramos seis*, da sra. Leandro Dupré.

Não é preciso entender completamente um livro para gostar dele, receber sua marca. *Babbitt*, que se passa numa cidadezinha do meio-oeste americano, tinha estados de espírito e fatos muito distantes de um adolescente suburbano carioca — por exemplo, as delícias de uma alemã gorda dona de pensão. Não tem importância: *Babbitt* me deu o empurrão que faltava para dentro da literatura.

Não voltaria aos gibis, embora pudesse voltar à Bíblia, mas, agora, não como criança assustada, mas leitor maravilhado.

---

* Respectivamente, de Herman Melville (1819-1891), Alexandre Dumas (1802-1870), Walter Scott (1771-1832) e Júlio Verne (1828-1905).

O que é um bom romance?

Primeiro, um bom romance *não* *pode ser chato*.

Na moda do *nouveau roman*,* lá por 1965, pulularam na Europa e, por imitação, no Brasil, romances chatos, ilegíveis. Clarice Lispector tem um romance chato, *A maçã no escuro*. O romance chato sobrevive do leitor pretensioso: se os peritos literários dizem que é bom, tem de ser.

Segundo, um bom romance é *escrito no melhor idioma do país*.

Melhor idioma do país não é o que falam as pessoas cultas, do Sudeste, universitários etc. Ele se situa numa espécie de base idiomática, presente em todo o país, uma língua média que qualquer um — inclusive os iletrados — pode acompanhar. Vejam a trilogia *O tempo e o vento*, de Erico Verissimo. O tema é o povoamento do Rio Grande do Sul, certas personagens só se encontram naquela região, alguns episódios só lá fazem sentido — como a matriarca Ana Cambará na cadeira de

---

* Conjunto de romances franceses publicados no pós-guerra (depois de 1945) e que renovaram as características tradicionais da literatura feita até então.

balanço ouvindo a voz do vento no pampa sem fronteira. Mas qualquer brasileiro pode viajar naquela saga, senti-la como sua. Sua língua não é a culta nem a popular.

Erico dá, aliás, em *Solo de clarineta* (memórias), uma boa definição de literatura. O pai era médico em Cruz Alta, no interior, e uma madrugada aparece um baleado na barriga, precisando de operação urgente. O pai acorda Erico, lhe dá a tarefa de segurar a lamparina enquanto opera:

— Não vacila, Erico, ou o cara morre.

Quando termina, diz:

— Pronto, acabou, pode ir dormir.

O garoto desmaia. Mais tarde tira daí uma metáfora: a função da literatura é iluminar as entranhas da sociedade moribunda para outros a salvarem. Ela própria não salva.

Terceiro, bom romance deve *sondar a nossa humanidade*.

Podemos distinguir dois tipos de romance: o de puro *entretenimento* e o de *proposta*. Do primeiro, como são os best-sellers, que já deram lucro antes de chegar aqui ou sair da gráfica, não se deve pedir muito. Uma de suas atrações é que foram lidos "por milhões de leitores em todo o mundo". Para isto foram produzidos: entreter. Com os romances de *proposta* devemos ser exigentes, pois são uma forma de conhecimento do homem. Forma superior, que não se confunde com a sociologia, a história, a psicologia etc. Aliás, o bom romance de proposta costuma entreter, vide o *Don Quijote*, pai de todos os romances, e *Viva o povo brasileiro*, de João Ubaldo Ribeiro. O romance, nesse sentido, é uma forma de mais saber.

Quarto, o bom romance *comprova a unidade forma-conteúdo*.

Pode o conteúdo existir independente da forma, e vice-versa? Por exemplo, que conteúdo quis expressar Graciliano Ramos no romance *Angústia*? A angústia do homem-parafuso, condenado a dar voltas no mesmo lugar. Seria possível dizer esse *conteúdo* de outra forma, claro, mas o efeito sobre o leitor, seu significado passaria a ser outro, não mais o que Graciliano pretendeu. Conteúdo e forma não são a mesma coisa, mas um não existe sem o outro.

Vejo daqui, apertado entre grandes romances da minha estante, o *Tristessa*, do escritor norte-americano Jack Kerouac. Não obedece a quase nenhuma dessas regras. Mas é um grande romance.

O Minotauro

Meu esporte favorito é olhar estantes, refazer viagens. Que impressão me causou, lá por 1950, aos 9 anos, *O Minotauro*, de Monteiro Lobato? É uma história engenhosa.

Confusão na festa de casamento de Branca de Neve. A boa preta Nastácia, atarefada na cozinha do palácio, se perde. Para encontrá-la, a turma do Pica-Pau Amarelo parte para a Grécia, onde receberá inestimáveis lições de filosofia e política. Chegam no instante em que o Minotauro, tourão de corpo humano, se farta com os bolinhos da preta. Seduzido pelo estômago, gordo com três papadas, adiava a hora de devorá-la. "Sim, você está salva, Nastácia, e vai voltar para o Pica-Pau, e vai continuar por toda a vida a fazer bolinhos para nós. Vê como é bom saber fazer uma coisa bem-feita?", arremata Emília.

Quem principalmente faz a sorte dos livros é o público. Conforme muda a expectativa do público, mudam as escolas, os movimentos, as tendências, os estilos etc. Por isso, exceto para os formalistas empedernidos, que valorizam a forma mais que o conteúdo, a estrutura de uma obra de ficção é a história do seu tempo.

Bastaram cinquenta anos para brilhar a servidão de Tia Nastácia. Fazer e servir bolinhos para sempre a tornava *simpática* aos leitores de Lobato; aos de hoje, não. A servidão está descrita lá, com simpatia: ela é a *boa preta*, feliz no seu lugar.

Uma preta condenada a fazer bolinhos, feliz com seu destino não é mais simpática hoje. O que mudou? O tempo histórico.

O leitor conhece as *babuskas*? São aquelas bonecas idênticas, que dizem ser popular na Rússia, uma metida dentro da outra — bisavó, avó, mãe, filha. A última, a mais interior, é maciça: dentro dela nada pode caber. A *babuska* é uma metáfora da obra literária.

Um romance é formado por diversas *bonecas*: o gênero a que pertence, a língua, o estilo do autor, o ritmo, a forma etc. Todas se assemelham, compondo uma unidade: a unidade da obra literária. São idênticas e, ao mesmo tempo, diversas. A última, a mais interior, a sua *estrutura*, é o tempo histórico — o *conteúdo de ideias* do tempo histórico em que foi escrita. Esse conteúdo é maciço: não há outra boneca dentro dele, é o último. Sua "insubstitualidade", paradoxalmente, é algo sempre móvel, assumindo novas qualidades.

Um conteúdo do tempo de Lobato era a democracia racial. Se acreditava nela piamente, em prosa e verso. As grandes obras do período revelam esse conteúdo: Zé Lins do Rego, Graciliano Ramos, Jorge Amado, Rachel de Queiroz, Guimarães Rosa... Um conteúdo de nosso tempo é a desmoralização da democracia racial, a luta racial está por toda parte. É o tempo das cotas. É ele que torna politicamente incorreta a boa preta Nastácia. Como grande escritor, Lobato, ele próprio, falseia seu retrato, à espera da leitura do tempo de hoje: Nastácia, a serva, fabricou Emília, a boneca perguntadeira ("comunista" para os reacionários do tempo).

Não só eu era garoto, quando me leram *O Minotauro*. Os tempos também eram outros.

O violino de Von Martius

Dois botânicos alemães, Von Spix e Von Martius,* viajam pelo sertão. Von Spix se atrasa, Von Martius chega primeiro ao lugarejo Brejo do Salgado. Nostálgico, tira da mochila um violino, toca para o crepúsculo melodias da sua terra. Um escravo vem convidá-lo a fazer um quarteto de cordas com seu dono. Von Martius acha graça, desdenha.

A fazenda ficava a léguas dali. Não é que em poucos dias apareceu um mulato à frente de uma caravana — a mulher, os filhos e uma tropa de mulas — com rabecão, rabecas, trombetas, estantes para música? Von Martius capitula: executam, para começar, um antigo quarteto de Pleyel

---

* Carl Friedrich Philipp von Martius (1794-1868) e Johann Baptiste von Spix (1781-1826) chegaram ao Rio de Janeiro em 1817, na comitiva de d. Leopoldina, a noiva austríaca de d. Pedro de Alcântara. Durante três anos, pesquisaram a flora brasileira, se aventurando por São Paulo, Minas Gerais, Pernambuco, Bahia, Piauí, Maranhão, Pará e Amazonas. Voltaram à Europa em 1820, e a obra *Flora brasiliensis*, iniciativa de Martius, tornou-se referência: ele levou 66 anos para concluí-la, e, das 20 mil espécies que listou, 6 mil eram totalmente desconhecidas na época.

(1757-1831), ele, alemão refinado, cientista, fazendo quarteto com um mulato e seus escravos.

Von Martius não podia imaginar o que sabemos hoje: negros e mulatos, livres ou escravos, faziam música erudita por toda a parte. Ali mesmo, naquela província, se desenvolvera uma escola musical — composição, execução e ensino — de negros. Vila Rica (Ouro Preto) não vira brilhar apenas o Aleijadinho, mas centenas de músicos: mestres de capela, barítonos, violonistas, rabequeiros, contrabaixistas, trompetistas, fagotistas, cravistas...

Para as festas reais e dos santos padroeiros, os senados da câmara (prefeituras de hoje) faziam licitações. Negros e mulatos podiam concorrer através de suas irmandades. Sob contrato, se exigia que tivessem vida digna, apurada técnica de interpretação, invenção melódica, profunda religiosidade (para os compositores) etc.

O desembargador Teixeira Coelho protestou: o sistema só fazia aumentar os mulatos ociosos. Como um certo Ignácio Parreiras Neves, filiado à Irmandade de São José dos Homens Pardos ou Bem Casados, de Vila Rica.

De Parreiras Neves só restaram, infelizmente, três obras: *Credo*, *Antífona de Nossa Senhora* e *Oratório do Menino Deus para a noite de Natal* (incompleta); e se sabe de uma, até hoje desaparecida, *Marcha fúnebre*, para quatro coros (de 16 vozes), dois fagotes, quatro contrabaixos e dois cravos.

Minas, no século XVIII, foi a primeira brecha na escravidão. Circulava riqueza, juntava gente, apareciam profissões novas livres, nichos para quem não fosse senhor ou escravo. Em Vila Rica era possível a um músico viver de sua arte, dispensando ocupações manuais de sustento.

O que é música erudita? A música ocidental de tradição escrita (pauta), o mesmo que música clássica. Trazida pelos europeus — padres e viajantes, como aquele Von Martius, solitário em Brejo do Salgado —, se difundiu com a música de barbeiro. Barbeiro era um ofício de negros de ganho. Como na África de hoje, barbeavam na rua, garantindo o sustento para fazer música. Jean-Baptiste Debret (1768-1848) pintou--os, executando no violão ou na clarineta valsas e contradanças francesas, arranjadas ao seu jeito. Sentavam cinto ou seis músicos num banco na porta das igrejas. Quando andavam, descalços, de brim vagabundo e elegante, prendiam as partituras nas costas do da frente — dá pra ver aí a origem das nossas bandas municipais; e da execução chorada que se tornou um gênero, o chorinho.

Nossa música teve três matrizes principais: o batuque africano, a modinha portuguesa e a música erudita centro-europeia. Como também na Argentina havia a tradição de negros barbeiros guitarristas, o negro estava por toda a parte, todo o tempo, da Amazônia ao pampa gaúcho, ele tomou como sua a música dos outros. A lista de negros sabendo compor e executar sonatas, quartetos, duetos, matinas, antífonas, ladainhas, árias a solo, óperas, pastorais, hinos, dobrados, missas, ofertórios é sem-fim. Como aquele José Joaquim Emerico Lobo de Mesquita, organista da venerável Ordem Terceira do Carmo em 1805, mestre em contraponto e homofonia austríaca.

As três matrizes, por um lado, se desenvolveram em separado; por outro, se intercomunicaram. Sem condições para estudos separados (geralmente se era músico e outra coisa: artesão, guia, barbeiro, dentista, carregador, militar), desenvolveram o *escarsejo*: leitura musical imediata, habilidade de sentir a pauta sem necessidade de maior aprendizado. Simplificação do erudito, mas também variedade sonora. Com o *escarsejo* foram nascendo as formas híbridas de erudito e popular: a serenata, o choro, a música de banda de bombeiro, o frevo.

Num dia qualquer de 1982, o maestro e pesquisador Régis Duprat descobriu diversas composições de um padre conhecido como pintor, Jesuíno do Monte Carmelo: *Ladainha de Nossa Senhora, Procissão de Domingo de Ramos*, *Matina de Quinta-Feira Santa*, *Ladainha a quatro vozes*, para coro misto, violinos e baixo contínuo, *Venite a duo*, para dois sopranos, flauta e baixo contínuo, *Procissão de palmas*, para quatro vozes a capela, *Ofício de Domingo de Ramos* (incompleto), *Paixão e turbas, para Sexta-Feira Santa* (incompleto). Só estas peças colocariam Jesuíno, que morreu em 1819, no pódio da música erudita brasileira. Perdido em Itu, longe da Corte.

Em 1836, nasceu em Campinas, então Vila de São Carlos, o neto de uma preta liberta: Carlos Gomes. Com 11 anos tocava triângulo na banda do pai (o irmão tocava clarineta). Com 21 anos, compõe para piano uma dança de negros, *A caiumba*, inspirada na congada. Dois anos depois é ensaiador e regente da Academia de Música e Ópera Nacional. Consagrado na Itália, admirado pelo *Il Guarany*, tenta encenar *Lo Schiavo* (O escravo), sobre a luta de trabalhadores brasileiros pela liberdade, mas os produtores exigiram trocar o século XVIII pelo XVI, os negros por índios.

O cenário agora é outro. Paquetá, baía de Guanabara, praia da Moreninha, noite enluarada de 1907. Morre, aos 41 anos de idade, Anacleto de Medeiros, filho de uma crioula liberta. Anacleto fez caminho diferente do de Carlos Gomes; depois de terminar o Conservatório de Música, partiu para a música popular: fez polcas, valsas, choros e xotes que se difundiram pelo país, num tempo anterior ao rádio. Organizou a Banda do Corpo de Bombeiros do Rio de Janeiro. No seu velório, enquanto se derramava o luar, amigos fizeram seresta com suas músicas. Contam que mulatas maxixeiras choravam.

Pernambuco, manhã qualquer de 1649, engenho São João da Várzea, átrio da igreja. O comandante da Reconquista, João Fernandes Vieira, festeja a vitória final contra os holandeses. Uma orquestra de negros toca, sem parar, flautas, buzinas, charamelas (antepassado dos oboés e clarinetes), trombetas, tambores. À frente do desfile um coral de negros, a várias vozes, entoa salmos e motetos (composição sacra medieval).

A história não guardou o nome daqueles músicos, seus maestros, arranjadores e compositores. Músico era ofício desprezível, nenhum Von Martius ou Fernandes Vieira os chamaria para jantar. Quando a música ganhasse prestígio, disputariam espaço. Como aquele padre José Maurício, talvez o maior de todos, autor de mais de quarenta obras, inventor de método para o ensino do piano-forte.

Os escroques

Pertenci à Sociedade dos Contempladores de Livros da Biblioteca. Discutiu-se na ocasião se podíamos elidir o Nacional. Foi a primeira das nossas divisões internas, mas não sabíamos então que elas deveriam ser evitadas. Uma época resolvi contar as facções saídas da SCLB, achei 48 para um universo de setecentos e qualquer coisa de contempladores. A maior depois, naturalmente, do núcleo fundador era a dos Contempladores de Estante em Geral.

No início éramos contempladores dos livros que nos vinham à mesa. Eu mesmo cansei de pedir volumes que não leria, fosse por falta de interesse no assunto, fosse por ignorância. Procurava um título no fichário ao fundo de quem entra, passando a sala de vitrines, à esquerda. Exemplo: *Tratado dos hemítonos na ópera de Giacomo Puccini*. Infalível para um olho experiente.

A SCLB foi fundada, ao término de algumas horas de controvérsias convergentes, se podemos dizer assim, num bar em frente à biblioteca, o Lilás. Éramos quatro contempladores que se conheciam de vista, com algo em comum ainda nebuloso naquela tarde de outubro. O curioso é que, contra as mínimas regras de segurança, pusemos anúncio em jornal. Na segunda reunião apareceram 54 contempladores, na terceira... Bem, não houve terceira. Tantas foram as brigas (por exemplo: contemplar apenas nas bibliotecas públicas ou estender a prática às livrarias) que os fundadores da SCLB se retiraram, com dois minutos, e decidiram passar à clandestinidade. Éramos 18 ao todo.

Nossa ousadia chegou a ponto de subirmos aos andares da grande biblioteca para contemplar em pleno expediente. Para isso tínhamos aventais de buscadores de livros, com crachás etc. Éramos capazes de ações vis, como subornar humildes servidores para pretextarem doença enquanto, maldisfarçados, tomávamos o seu lugar no cansativo esquadrinhar de estantes. Quase sempre com a leniência de chefias que, ao fim e ao cabo, achavam o nosso vício inofensivo. Fazíamos qualquer coisa para contemplar.

Da ousadia ao crime, da mirada à intervenção foi um passo. Substituíamos títulos de obras, parcial ou integralmente. A essa altura, a SCLB tinha invejável logística, gráfica, fotolitagem etc. Fazíamos um livro vicário (chamávamos assim uma edição feita para substituir outra) em uma semana. Antes que subisse o clamor público e a polícia se convencesse da gravidade do crime, já trocávamos capítulos do livro em questão, nomes de personagens, desfechos de tramas arquitetadas demoradamente por grandes e pequenos autores. Grandes e pequenos autores: não distinguíamos. A única restrição era não mexer em livro de vivos.

Nossa especialidade eram as interpolações. Metemos no *Lições de abismo*, de Gustavo Corção, por exemplo, como último capítulo, a parte dois do *Tristessa*, de Kerouac.

Não preciso dizer que a finalidade original da SCLB se perdera. Convertêramo-nos em frios escroques, que nada ganhavam de propriamente material.

Percebemos quão pouco importava para a economia da obra a mudança de um parágrafo em que se alterasse para sempre a cara de uma situação, o destino de uma personagem. Só criávamos problemas para dois tipos de leitores: os que leem sempre os mesmos livros quando, por qualquer motivo (incêndio, divórcio, inundação), recorriam a novas edições, e os estabelecedores de texto definitivo. Foi bem este o caso de uma passagem de *Os lusíadas*. No canto primeiro, estrofe 106, onde está "bichos da terra tão pequenos", trocamos, numa edição vicária de 2 mil exemplares, para "bichos tão pequenos da terra". Advertimos no pé de página: "Conforme a letra original." Pura escroqueria. Soubemos na mesa do Lilás que o emérito camonianista H. de K. da Universidade de Évora consultou todas as primeiras edições. Menos uma: a que fora doada à Biblioteca Maior de Maputo (capital de Moçambique), sumida desde que o governo a vendeu para construir a biblioteca.

Tínhamos propensão erótica, sem dúvida. Um dos nossos feitos foi escancarar, mediante pequenos toques, o que todos sabiam: José Dias, o agregado de Dom Casmurro, era amante da mãe de Bentinho.

Releiam esta passagem e vejam como apenas trocando de lugar uma vírgula se altera um livro. Ezequiel, o filho, vai visitar Bentinho. "Não havendo remédio senão ficar com ele, fiz-me pai deveras. A ideia de que pudesse ter visto alguma fotografia de Escobar, que Capitu por descuido levasse consigo, não me acudiu, nem, se acudisse, persistira. Ezequiel cria em mim, como na mãe. *Se fosse vivo José Dias,* acharia nele minha própria pessoa." Dom Casmurro está dizendo que se o agregado fosse vivo, concordaria que ele e Ezequiel se pareciam. Agora com a vírgula em outro lugar: "*Se fosse vivo, José Dias* acharia nele minha própria pessoa." José Dias veria nele (em si, José Dias) a pessoa do filho Bentinho.

Talvez demasiada sutileza. Sem piedade, mexemos em passagens anteriores. Quando Bentinho procura para a mãe, d. Glória, uma sepultura com a inscrição "Uma santa", Machado de Assis escreve que José Dias assistiu às diligências com grande melancolia. "No fim, quando saímos, disse mal do padre, chamou-lhe meticuloso. Só lhe achava desculpa por não ter conhecido minha mãe, nem ele nem os outros homens do cemitério." Enfiamos, depois de cemitério, um *como eu*.

Avenida Vasco da Gama, 463

"O candomblé é uma religião africana que se conservou no Brasil", certo? Errado. Não há uma religião africana, mas milhares. A própria ideia de religião era desconhecida na África antes de chegarem o islamismo e, mais tarde, o cristianismo. A comunicação com o outro mundo se fazia por aldeia, por cidade ou por região; os sacerdotes, os deuses e seus emissários eram locais. Na África tradicional não havia Meca, Roma nem Jerusalém.

Quanto ao culto dos orixás, originário da Nigéria atual, se modificou muito no Brasil. Mantivemos o essencial, perdemos algumas coisas e acrescentamos outras, desconhecidas por lá. O candomblé brasileiro não é puro, é sincrético de diversos cultos africanos.

"O candomblé é a religião autêntica do negro brasileiro", certo? Depende. Se estamos dizendo que há uma religiosidade original afro--brasileira, está certo. Se estamos dizendo que o negro, por ser negro, só deveria ter o candomblé como religião, não. Religiosidade não é o mesmo que religião — a primeira é uma maneira de se relacionar com o mundo invisível (os deuses, os antepassados, o espírito etc.); a segunda, uma instituição social, quase sempre com um livro sagrado, um dogma e uma hierarquia entre os sacerdotes e entre estes e os crentes.

A religiosidade genérica dos africanos vive na dos brasileiros de hoje, tanto negros quanto não negros. Qualquer religião que o negro pratique tem a marca dessa religiosidade fundamental, semelhante a um líquido espesso que se derrama numa sequência de vasos comunicantes. Sua marca é sua falta de pretensão a religião única, que sirva a todos os homens em todos os lugares, como a cristã. Toda religião é exclusiva, só se pode ter uma de cada vez; já a religiosidade é inclusiva, se podem ter várias ao mesmo tempo. O culto dos orixás pode ser praticado sem o crente renunciar a outras crenças e, até mesmo, ao ateísmo.

1984, Rio de Janeiro.

Reunião do conselho de tombamento do IPHAN (Instituto de Patrimônio Histórico e Artístico Nacional). Discute-se o tombamento do terreiro Ilê Axé Iyá Nassô Oká, mais conhecido como Casa Branca do Engenho Velho (Salvador). O presidente do conselho, historiador emérito, encaminha contra: não vê como um terreiro de candomblé, com todo o respeito, constitua um bem histórico ou cultural; e não vê, infelizmente, qualquer valor arquitetônico nas suas modestas edificações.

Alguém insinua que se fosse um monumento mosaico-cristão (referência a Moisés e Cristo), uma igreja antiga de "pedra e cal", por exemplo, o conselho tombaria sem problemas. Antônio Agnelo Pereira, representante da Casa Branca, pede a palavra:

— É verdade. Se fosse uma parede de mosaicos, vocês tombariam logo.

O Ilê Axé Iyá Nassô Oká acabou tombado em 1986.

O desabafo de Agnelo dá o que pensar. Primeiro, nunca se saberá se ele entendeu a expressão erudita mosaico-cristão e gozou os adversários. Antônio Agnelo Pereira, loiro de olhos azuis, ex-soldado de polícia, foi criado na Casa Branca e chegou aos seus mais altos cargos: ogã (conselheiro e protetor do terreiro), ministro de Oxalá, axogun (sacrificador). Estudou ioruba (nagô) e, através da Sociedade São Jorge do Engenho Velho, que representava legalmente o terreiro, o defendeu incansavelmente contra seus adversários e inimigos.

Em 1991, quando o papa veio à Bahia, Agnelo se meteu em polêmica: avisou que a Casa Branca não bateria atabaques enquanto o papa estivesse na cidade; outros terreiros protestaram. Isso mostra uma característica da religiosidade africana do candomblé: não se mistura com outras crenças, mas as acolhe. Não se trata de sincretismo, fusão de crenças, mas de convivência. Em 1998, a Casa Branca recebeu em festa um grupo de padres, diáconos, pajés e luteranos noruegueses.

A Casa Branca é um dos templos mais antigos do Brasil. Lá por 1830, africanos livres, liderados por Iyá (mãe) Nassô, fundaram, secretamente, um terreiro na Barroquinha, centro de Salvador. Sem espaço, invadido pela polícia sempre que um vizinho reclamava, mudou para o Engenho Velho, então desabitado. De lá espalhou comunidades-filhas: o Gantois (Gantuá), o Ilê Axé Opô Afonja, com filhos, devotos e amigos em diversas partes do mundo. Domínio de Oxóssi (o dono do terreiro) e de Xangô (o dono da casa principal), também reverenciam Oxalá e Oxum.

A cidade cresceu, engoliu os matos, de novo o ilê (casa) foi sufocado. Apareceram proprietários do terreno, o último construiu na frente um posto de gasolina. Mas apareceram, também, defensores do terreiro: poetas, artistas, políticos, antropólogos, historiadores, aqui e no estrangeiro. Demonstraram a antiguidade e a importância histórica e arquitetônica daquela comunidade-terreiro: morada dos orixás e de gente. Suas árvores sagradas foram reconhecidas como monumentos.

Conseguido o tombamento, reconhecido o Ilê Axé Iyá Nassô como patrimônio nacional a ser protegido pelo Estado, foram tombados, numa sequência que ainda não terminou, o Gantois (Gantuá), o Bate-Folha, o Alaketu, o de Oxumaré, o do Portão e a Serra da Barriga, capital histórica do Quilombo de Palmares.

Começaram, ao mesmo tempo, baseado na Constituição de 1988 — cem anos após a Abolição —, o mapeamento e a titulação, em todo o país, dos remanescentes de quilombos. O que têm em comum terreiros de candomblé e quilombos contemporâneos? São territórios negros, base física de cultura, ciência e arte.

A Casa Branca é um território negro: espaço separado da cidade e, ao mesmo tempo, interagindo com ela, participante da sua evolução. Não é propriedade privada, mas uma comunidade-terreiro. O posto de gasolina que a invadira foi desapropriado e devolvido ao povo de santo. Lição dos negros aos não negros sobre um fenômeno religioso, antigo e profundo. Agindo em legítima defesa, ensinaram a importância da história, dos valores e das criações populares.

Quem passa cá embaixo, na avenida Vasco da Gama, avista primeiro, ao nível da rua, o Barco de Oxum; na colina, a Casa Branca. Na sua calma fora do tempo.

Óleo de dendê

Janeiro de 1980, Salvador.

A televisão italiana grava um especial sobre a famosa mãe de santo Menininha do Gantois (ou Gantuá). A entrevistadora dormiu no terreiro. No café da manhã, tapioca, mungunzá, café preto, a primeira pergunta:

— A senhora gosta de televisão?

— Gosto mais de rádio.

— Qual seu programa preferido?

— O dos crentes. Não perco. Me levanto cedo pra ouvir o pastor Valfrido.

Primeiro de maio de 2005, Volta Redonda.

Encerrando a festa dos trabalhadores no Estádio do Aço, entra no palco a Orquestra Sinfônica da Assembleia de Deus, da Baixada Fluminense. Executa *Jesus, alegria dos homens*, de Bach. Preparara, também, um excerto da *Sinfonia fantástica*, de Berlioz, músicas do mundo. O *spalla* é Jorge, com duas passagens como infrator pela Fundação Nacional do Bem-Estar do Menor (Funabem).*

Um dia lhe caíra na mão um violino. A mãe conseguiu na igreja uma ajuda de custo, Jorge estagiou na Orquestra Sinfônica da Assembleia de Deus ou OSAD.

Um dia qualquer de 1921, Sorocaba, interior de São Paulo.
O preto velho pega o telefone. Disca 507:
— Alô, São Pedro?
As visitas pensam que está brincando.
— Quem fala é João de Camargo. Veja se o Chefe pode me atender agora.
Para preservar a intimidade do interlocutor, João tapa o aparelho com a mão de camponês, se desculpa com as visitas:
— Um minuto. O assunto é rápido.

Dia seguinte à eleição de Obama, Nairóbi, Quênia.
O correspondente brasileiro localiza num mercado um parente do presidente americano:
— Sr. Ibrahim, já agradeceu aos orixás? Vejo, pelo colar amarelo, que o senhor é de Oxum.
— É, sou primo distante do Obama. Agora, Oxum nunca ouvi falar.

Tarde de setembro de 2008. Sumaré, São Paulo.
O chefe de redação entra de cara zombeteira:

---

* Neste parágrafo falei de dois grandes compositores: o alemão Johann Sebastian Bach (1685-1750) e o francês Hector Berlioz (1803-1869). *Spalla* é como se chama o primeiro violino de uma orquestra.

— Pisei num ebó. Na esquina da rua Paris. Galinha preta, farinha amarela, vela, o diabo.

— O que você fez? — pergunta um colega.

— Trouxe pro nosso almoço. Vamos lá.

Um frio percorreu a espinha da redação. Ninguém riu.

O ex-escravo João de Camargo, da terceira história, se virou em muitas profissões. Sorocaba tinha tradição de profetas — entre outros José Maria e João Maria, que entraram na História do Brasil. Conhecido como Nhô João, tomou conta de um santuário, recebia Exu Porteira, fez milagres, curas colossais, famoso a milhares de quilômetros, devotos até no exterior. Chamava por Deus em ligação interurbana.

Que religião era essa? Não era catolicismo, espiritismo, macumba, ou pajelança, mas tinha um pouco de cada uma. Em 1921, abarcava tantos interesses espirituais e materiais que João fundou a Associação Espírita Bom Jesus do Bonfim da Água Vermelha. Servia refeições, hospedava romeiros, polícia e padres pararam de persegui-lo.

Em Niterói, RJ, dia 15 de novembro de 1908, o médium Zélio Fernandino de Moraes incorporou, numa mesa kardecista, a entidade Caboclo das Sete Encruzilhadas. Sete Encruzilhadas exigiu, imediatamente, o fim das discriminações contra quaisquer espíritos; fossem brancos, pretos, caipiras, turcos, ciganos, caboclos ou de origem ignota. Sem se conhecerem, João, em Sorocaba, e Zélio, em Niterói, fundavam a umbanda, que nas línguas umbundo e quimbundo quer dizer arte de curandeiro, medicina.

Sincrética como todas as grandes religiões, juntava no mesmo saco duas matrizes africanas (o culto dos orixás e o dos inquices), o hinduísmo, o kardecismo (espiritismo), o catolicismo popular, a religião de caboclo, o islamismo, os cultos de Calunga, os calundus, os xangôs, o cabula (do Espírito Santo), os batuques (do Rio Grande do Sul), a macumba carioca, os catimbós (Norte e Nordeste), a devoção de Caboclo Pena Branca... O que viesse, segundo Sete Encruzilhadas, era bom. Se diferenciavam pelo afastamento, maior ou menor, da religiosidade africana.

A história brasileira é pontilhada de movimentos messiânicos formidáveis, a começar pelos caraíbas arrebanhando índios e caboclos em peregrinação à Terra sem Males, onde espigas de milho cresciam mais que um homem alto, não se precisava plantar, mulheres jamais envelheciam. Até que, no século XX, a grande cidade pariu uma nova religião — mais do que um ritual, um culto, uma cidade santa, uma sobra, um desvio das grandes (catolicismo, protestantismo, islamismo malê, judaísmo, budismo, pentecostalismo etc.). Desapareceram as antigas formas? Não. A religiosidade africana parece ser a substância que está em todas, regulando, como uma espécie de enzima, a velocidade com que se misturam.

A África é muito grande, muito variada e complexa para ter uma religião só. Ibrahim, o da quarta história, nunca ouviu falar da deusa do rio Oxum, leste da Nigéria, do outro lado do continente. Falamos *religião africana* por comodidade e ignorância. Ninguém diz *religião europeia*, embora se diga, erradamente, *religião indígena*. Palavras têm história, expressam nossos preconceitos, nosso desejo impossível de resumir a variedade do mundo.

Língua africana também não existe. São milhares as línguas, os falares e os dialetos nesse continente de mais de 30 milhões de quilômetros quadrados (o Brasil tem 8,5). Língua é uma coisa, dialeto outra, menor; dentro de uma cabem vários. Português, por exemplo, é uma língua do tronco latino, com vários dialetos — o de Trás-os-Montes, o do Brasil etc.

No continente africano, só do tronco banto[*] são 17 grandes línguas. Um preconceito comum é chamar uma língua africana de dialeto.

---

[*] Nome que se dá ao conjunto de línguas e dialetos falados pelos povos da África meridional, compreendendo as terras que vão do oceano Atlântico ao Índico até o cabo da Boa Esperança.

Religiões no sentido de igrejas centralizadas, com hierarquia e dogma, há o islamismo e o cristianismo. Já no sentido original, de *re-ligare*, ligar outra vez o que estava separado — Deus e o homem, o espírito e o corpo, o sobrenatural e a natureza — há um número infinito. A re-ligação com o divino se faz localmente, por aldeia, por família, por vizinhança. Uma forma de *re-ligare*, exemplar no cristianismo, é a missa; na África tradicional, a máscara.

Qual a diferença entre essas minúsculas religiões — é melhor chamá-las de tradições, ou cultos — e as monoteístas, como a cristã, a islâmica, a judaica? Admitem um Criador, mas pululam de deuses, semideuses, mensageiros, abridores de caminhos. A eles se pode e deve sacrificar: desconhecem o sacrifício do filho de Deus que teria dispensado todos os sacrifícios. Cada povo carrega, em qualquer circunstância, migração, extermínio, conquista, os seus deuses. Quando dois povos se encontram não precisam trocar de divindades: valem as duas — como na primeira história.

Os rebentos da religiosidade africana se abrigaram no cristianismo (católico, protestante, evangélico, pentecostal), no islamismo malê, no espiritismo... Há um DNA africano, por assim dizer, como na quinta história. O despacho da rua Paris é o mesmo das pirâmides egípcias: alimentação do axé, energia vital, para impedir o fim deste mundo.

De que seria feita a religiosidade afro primordial? *Não excluir as outras*. Mãe Menininha não perdia o pastor, toda manhã, no seu rádio de cabeceira.

Espírito comunitário, a Assembleia de Deus transformou um pivete em primeiro violino de uma orquestra sinfônica. *Reinvenção da tradição*, a umbanda é uma feijoada de religiões. *Impossibilidade de uma igreja universal*. O africano Ibrahim nunca soube de candomblé. *Conservação da energia vital (axé)*. Ah, a macumba da rua Paris!

A religiosidade afro-brasileira é um líquido espesso que se derrama em muitos vasos. Como o óleo de dendê, que também chegou aqui em navios negreiros.

O agora mesmo

Lá por 1800, um dos homens mais ricos da África era um mulato baiano, Francisco Félix de Souza. Chegou ao forte português de Ajudá — provavelmente uma contração de "Deus me ajuda" —, no atual Benim (país da região ocidental da África), com 24 anos, uma mão na frente e outra atrás. Para comer, furtava búzios dos santuários dos deuses. Guarda-livros, entrou no negócio de comprar e vender escravos.

Seu fornecedor principal era o rei do então Daomé (um reino africano onde hoje é o Benim). Uma vez se desentenderam a propósito de pagamento atrasado. Félix foi reclamar pessoalmente, ofendeu o soberano, gritou que fora destratado por não ser negro. Castigo: foi enfiado num tonel de índigo (tinta de forte tonalidade azul) até o pescoço para ficarem em pé de igualdade. Foi tirado da prisão por conspirados, inimigos do rei Adandozan.

O rei seguinte, Guezo, cobriu Félix de títulos: Adjinaku (o elefante), Agosu (o sapo), Zobonukotô (o que faz secar a argila com fogo). E Chachá (o "agora mesmo"), na certa, já, já, como devia fazer acompanhar suas ordens. Na rua, tinha direito a para-sol, tamborete, adornos de corais, tambores, guarda armada. Quando morreu, Guezo mandou sacrificar nove pessoas no rito funerário.

A residência-fortaleza de Chachá, o "Quartier Brésil", além da ala residencial, com dependências próprias para as várias esposas, compreendia o depósito de escravos vindos do interior, à espera de negociação e embarque, cercado por um muro alto; os prédios de serviço: banco, hospedaria, oficina, cemitério, igreja, escola; e era um negócio terceirizado, em rede, ganhava o empresário que armazenava, o que fornecia água e alimento, o que plantava roças para abastecimento do depósito, o que fornecia as canoas e assim por diante.

Base desse empreendimento? A credibilidade de Chachá, sua diplomacia, seus vínculos familiares e suas amizades — da Costa dos Escravos a Londres, passando por Salvador, Havana, Barbados. Não tinha pátria, aliás, pátria nem era uma noção daquela época. Fizera sua escolha: viver onde se vendia a África, não onde se comprava a América.

Negociantes como Chachá eram abomináveis, certo? No Benim até hoje se tem orgulho de Chachá. Quando morreu, aos 94 anos, num casarão atulhado de objetos de prata, comido de cupins, sete rapazes, um menino e uma menina foram imolados. Que moeda se usava no comércio de trabalhadores africanos? Ouro, cauris (búzios), tecidos de algodão da Índia, seda da China, contas de vidro de Veneza, espingardas de Birmingham, tabaco da Bahia... Mais ou menos 40% dos embarcados para o Brasil passaram por Ajudá. À vista da fortaleza, navios esperavam meio ano ou mais até completar a carga. Quando chegava um carregamento do interior, em fila indiana, o próprio Chachá descartava os maiores de 35 anos, os que não tinham um dedo, os coxos etc. Arrematava, de preferência, homens a mulheres, meninos a crianças de qualquer sexo, ainda de peito. Terminada uma roda de negociação — Chachá tinha uma equipe de intérpretes —, os que não conseguissem empurrar na pechincha voltavam ao depósito, mais ou menos a mesma percentagem dos que morreriam na travessia do Atlântico: 15% a 20%.

O traficante branco armado de laço atrás da árvore é um clichê escolar brasileiro. Isso só foi comum no começo do tráfico, antes de 1550, e no fim, depois de 1850. O comércio mundial de trabalhadores escravos foi um negócio sistemático, organizado e legal. Nas residências-fortaleza da costa africana, como a de Chachá, os canhões se voltavam para o mar, do interior não vinha nenhum perigo.

O comércio de trabalhadores africanos foi a segunda das suas ondas de globalização do capital — a primeira foram as grandes navegações; a última, o shopping center global. Do lado europeu: acionistas, administradores, fornecedores de provisões, marujos, agentes de compra etc. Do africano: pombeiros (agentes nativos), mercadores, régulos (jovens governantes), sobas (chefes), chefes tribais etc. Do brasileiro: agentes de venda, revendedores, fazendeiros, financiadores, casas bancárias (na Bahia eram mais de quarenta casas importadoras legais).

Willem Bosman, comerciante holandês, revelou em livro de 1705 que pagou no total vinte rolos de fumo de segunda pelas seguintes peças:

- Um adulto de 1,75m (pode-se arredondar) vale: uma peça.
- Dois adultos de 35 a 40 anos valem: uma peça.
- Duas crianças de 4 a 8 anos valem: uma peça.
- Três crianças de 8 a 15 anos valem: duas peças.

Subdesenvolvimento é o degrau abaixo do desenvolvimento, certo? Errado. País desenvolvido é o que enriqueceu à custa da exploração do outro, dito subdesenvolvido. Um fenômeno não existiria sem o outro, faces da mesma moeda.

No final do século XV, quando Europa, África e América se encontraram, seu desenvolvimento material — ciência, técnica, demografia etc. — era equivalente. Trezentos anos depois, a Europa estava desenvolvida; a América — com exceção de parte dos Estados Unidos — e a África, subdesenvolvidas. A riqueza gerada pelo trabalho africano, na América, se foi acumular na Europa, financiando a Revolução Industrial que pôs este continente na dianteira do mundo.

O tráfico negreiro contribuiu de três maneiras principais para enriquecer a Europa:

1) As colônias europeias na América foram montadas com o tráfico. Por isso, não tem sentido dizer que o africano — outro clichê que por muito tempo se ensinou em escolas — foi escravo porque o índio não se submeteu à escravidão. Sem a África não haveria Brasil, Cuba, Colômbia, Estados Unidos.

O tráfico gerou uma indústria de atendimento complexa e lucrativa — dez negros negociados davam, em média, trabalho a quatro brancos; portos do mar da Irlanda, do mar do Norte, do Mediterrâneo estufavam de artigos subsidiários do tráfico — tecidos, peixe seco, barras de latão, candeias para navios, artefatos de tortura, espingardas, bijuterias, remédios, frutas cítricas (para prevenir o escorbuto na travessia do Atlântico), arroz, farinha, vinagre, sebo, uniformes, mastros, velames... No porto inglês de Bristol, já disse não haver um tijolo que não esteja argamassado com o sangue dos escravos.

2) Acelerou a atividade bancária e financeira. Nunca se emprestou tanto a juros, se pagou tão altas comissões a intermediários e executivos, se armou um navio com tão gratificante retorno.

3) Os lucros de um navio negreiro variavam entre 300% e 30%, auferidos por mais de trezentos anos, de forma triangular — os navios nunca estavam vazios, recolhiam gente na África, commodities na América, artigos industrializados na Europa.

4) O tráfico esvaziou a África, único continente em que a população se manteve estável nos tempos modernos.

Um produto do subdesenvolvimento da África pela Europa foi a ideologia do colonialismo — conjunto de ideias logicamente articuladas para justificar a exploração de um continente sobre o outro. Uma é de que o negro foi destinado originalmente, fisiologicamente, ao trabalho e somente ao trabalho (determinismo racial). Não teria, assim, condições de se civilizar (adotar o estilo de vida europeu), entender a alta política, a alta filosofia, a ciência e por aí. O continente dos negros não passava de um inferno, quase inabitável, onde se movia uma humanidade primitiva, sem história.

Ainda hoje há quem creia ter o negro nascido para escravo, o branco para senhor. Félix de Souza e Willem Bosman acreditariam nisso?

Recado carinhoso para um zagueiro

A infância do futebol brasileiro foi inglesa e branca. Em 1910, em excursão pela América do Sul, um time inglês chamado Corinthians chegou aqui e goleou todo mundo. Deu no Paulistano por 7 a 0; no Fluminense, do Rio, por 8 a 1. As vitórias foram recebidas como vingança pela "corja fedorenta" (como a classe alta costumava se referir aos espectadores pobres).

Naquela fase, éramos fregueses de caderno de ingleses, argentinos e uruguaios. Um mês depois das goleadas, um grupo de artesãos e pequenos funcionários fundou o Corinthians Paulista, no Bom Retiro, bairro de São Paulo. Ao lado dos grã-finos do S. P. Athletic e do The S. P. Railway havia agora um time do povo. Não é por acaso que em todas as capitais do país existem, até hoje, "times do povo": Vasco, Internacional, Atlético, Santa Cruz, Bahia... Luta de classes da boa.

Em 1921, uma discussão tomou conta da nossa pequena crônica esportiva. Devíamos ou não convocar crioulos para a seleção que ia à Argentina?

A discussão transbordou para o Parlamento, chegou às esquinas. Então, os pretos pagavam impostos, serviam nos quartéis, mas não prestavam para representar o Brasil? Foi quando o escritor Lima Barreto tomou ódio ao "esporte bretão". Do seu canto na revista *Careta* — revista humorística símbolo da modernização da imprensa no século XX e que circulou de 1908 a 1960 — propôs uma solução: o governo continuava com a política de matar o povo de fome, os pretos desapareciam: o futebol permanecia branco. Além de dividir os brasileiros, o bolapé — como Barreto chamava o *foot-ball* — impedia a unidade dos trabalhadores.

Deu no *Jornal do Commercio*, em 1º de dezembro de 1920: "O menino Valdemar Capelli, de 15 anos, filho de Tadeu Capelli, morador em Vila Aliança, nas Laranjeiras, passou a tarde de ontem a jogar *foot-ball*, num campo perto de casa. Interrompeu o divertimento às seis horas para jantar às pressas e voltar ao mesmo exercício. Quando o reencetou foi acometido de um ataque e a assistência pública foi chamada para socorrê-lo. Esta chegou tarde, entretanto, porque Valdemar estava morto."

Lima Barreto andava impressionado com notícias assim. Certa noite de 1925 (o escritor havia morrido três anos antes), fez-se um ajuntamento diante da redação de *O Estado de S. Paulo*. Saiu um empregado do jornal e afixou cópia de um telegrama. Um velhinho de fraque e pince-nez puxou um moleque pelo braço:

— Meu filho, o que aconteceu, morreu o presidente da República?

— Nada, é mais uma vitória do Paulistano, deu no Havre, da França, de 5 a 1.

O Brasil já era o País do Futebol.

O zagueiro (bom zagueiro) Antônio Carlos, do gaúcho Juventude, foi punido por atitude racista. Expulso, Antônio Carlos saiu de campo esfregando o indicador no braço esquerdo, gesto tradicional brasileiro para xingar um negro sem palavras.

Conto essas histórias antigas para ele ver uma coisa. Só nos tornamos os melhores do mundo quando toda a gente, independente daquilo que os antigos chamavam raça, começou a jogar. E os atoleimados criaram juízo.

Histórias

Notícia de jornal, 20 de fevereiro de 1922. Corinthians 2 a 1. "Ontem, o bravo *team* do Corinthians Paulista derrotou pelo *score* de 2 a 1 o do Palestra Itália no *ground* deste último. *Goals* do *forward* Neco (2) e do *full-back* Baggio. No ponto do *bonds*, após o *match*, um torcedor do Palestra, inconformado, apunhalou um corinthiano."

Naquela mesma semana, dias 13, 15 e 17, acontecera, no Teatro Municipal de São Paulo, a Semana de Arte Moderna. Se tivesse que escolher como fato histórico apenas um, qual dos dois o leitor escolheria — o jogo ou a Semana? Sabendo, desde o colégio, que a Semana projetou grandes escritores, como Mário de Andrade, grandes escultores, como Brecheret, músicos, como Villa-Lobos, a maioria de nós responderia: "Ora, a Semana."

Nos acostumamos a pensar que só os acontecimentos políticos decisivos são fatos históricos. E só os "grandes homens" são personagens históricos. Os fatos esportivos, mesmo no País do Futebol, correm por fora. Até quando enfurecem ou alegram a multidão, não merecem entrar nos livros de história, ensinados em classe.

Olhemos mais de perto aquela notícia. Em primeiro lugar, está recheada de palavras inglesas: *forward, ground, match*... Até o nome do time vencedor, Corinthians, é homenagem a uma equipe britânica que andou por aqui, goleando as melhores equipes do Rio e de São Paulo. Isso indica que os ingleses nos ensinaram a jogar *foot-ball* no início do século XX. E que deviam ter, portanto, grande e antiga influência em nossa sociedade.

Nossos primeiros craques, rapazes da "sociedade", imitavam os engenheiros e técnicos industriais ingleses que praticavam *cricket, squash* e *foot-ball* em suas chácaras fechadas. Esse prestígio dos costumes ingleses, por sua vez, se explica pela dominação econômica e política que a Inglaterra exercia sobre nós — desde o tempo de dom João VI.

O derrotado Palestra daquela partida é hoje o Palmeiras. Mudou de nome, mas ainda concentra a preferência da colônia italiana. Em cada capital brasileira há ou houve um "time de colônia". Burguesia, dominação inglesa, colônia, imigração... Vê o leitor que uma pequena notícia de jornal abriu janelas (links, como se diz hoje) para diversos assuntos.

A notícia lembrava que, um mês antes, "um torcedor corinthiano, de regresso do estádio, agredira pelas costas um palestrino no instante em que este último adentrava o portão de sua residência".

Naquele ano de 1922, o futebol já era paixão popular. Como foi possível, em vinte anos, um jogo frio de ingleses ricos se transformar em motivo de punhaladas e covardias no Brasil? Que esportes o nosso povo praticava antes? A porta da curiosidade está aberta, uma pergunta conduz a outra. A Semana de Arte Moderna, a fundação do primeiro partido comunista no Brasil, a rebelião tenentista, a inauguração do rádio também são de 1922.

Em qualquer um deles histórias puxam a História.

A fé não pode faiá

Quando garoto, morei numa vila de marítimos. Seu Jorge, vizinho da direita, viajara pelos três continentes como telegrafista. Perguntamos como era o inglês.

— Ah, é o português sem bigode.

Uma forma histórica de preconceito é achar o estrangeiro burro, principalmente se você é o nativo e ele, o colonizador. Burro é o que chegou de fora e se dá bem, enquanto você, da terra, grama pra sobreviver. Lógica estranha.

É curioso e sintomático que, pelo menos até o século XIX, estrangeiros costumassem achar o brasileiro pouco inteligente. Um certo Thomas Ewbank, inglês que se dera bem em Nova York, andou pelo Rio em 1846. Muitas vezes, o que registrou como pouca inteligência é outra coisa: hábitos cruéis da sociedade patriarcal escravista.

Quando Ewbank escreveu o seu *A vida no Brasil: ou diário de uma visita ao país do cacau e das palmeiras,* essa sociedade já tinha três séculos de vida. Mostraram a ele, na rua do Catete, uma bela mulher vestida de farrapos. De linhagem nobre, herdara uma fortuna da mãe. Seus pais e irmãos cobiçaram-lhe a riqueza e, de conluio com a abadessa do Convento da Ajuda, puseram-na numa caixa com furos para respiração, levaram-na, aos berros, para a clausura. Fugiu três vezes, o pai e os irmãos a devolveram à força. Por fim, a natureza não mais resistiu, conta Ewbank. Os castigos — fome, quarto escuro, grilhões, surras — quebraram a resistência da coitada: perdeu a razão. Quando fez 50 anos, a abadessa começou a liberá-la para passeios fora do convento. Os irmãos, a essa altura, já tinham lhe tomado tudo. Sua enfermidade mental era do tipo manso. No Natal fazia presépios do Menino Jesus, mudava inteiramente as roupinhas dos santos, consertava as antigas. Quando dizia estar possuída por um espírito maligno, vinham exorcistas de longe, em vão.

Ewbank anotou com desprezo outros sinais da nossa burrice. Para dor de cabeça, nada como um cavalo-marinho morto e seco junto à pele (podendo ser de ouro ou prata). Contra relâmpago, raio e trovão, palmas bentas no domingo de Ramos. Contra feitiço genérico, arruda. Para ganhar ou recuperar a estima de senhor ou patrão, era só misturar um pouquinho de terra todo dia na comida dele. Objeto perdido? Uma tesoura com a concavidade para baixo em cima de uma peneira, seguido do seguinte verso: "São Pedro e São Paulo, São Felipe e São Diogo." Unheiro? Cataplasma de minhocas fritas em azeite quente. Dor de dente? Numa panela de barro põe-se uma lagartixa viva, tampa-se bem, coze-se ao fogo até a bichinha virar cinza: uma parte é esmagada entre o polegar e o indicador, passada nas gengivas e posta na cavidade da cárie (fórmula de um senador por Santa Catarina). Nas lojas, Ewbank sempre via chifres de touro num canto, enfeitados de flores amarelas.

— Para que serve? — perguntou.

— Para mau-olhado, como o seu.

O inglês deu um daqueles risos sem riso, da sua terra. Pensou: "Como são burros."

Laylat al-Qadr

Noite de 24 de janeiro de 1835, encerramento do Ramadá, o mês do jejum muçulmano, um punhado de alufás deu sinal para a insurreição em Salvador.

Quem eram esses alufás? Chefes espirituais muçulmanos vendidos para cá como escravos durante guerras nos atuais Mali, Benim e Nigéria (África sudanesa, abaixo do Saara). Vem do árabe *alfa*, "sábio", "sagaz". Cada grupo de alufás era chefiado por um iemane (imã) subordinado, em matéria espiritual, a um xerife.

Na Bahia viviam cerca de 14 mil brancos, 25 mil negros, 11 mil pardos. Embora chegassem cerca de 8 mil escravos africanos por ano, boa parte acabava livre. Letrados em árabe, os malês — do ioruba ìmale — contrastavam com os brancos europeus, em geral analfabetos, e mesmo com os demais africanos, de religião tradicional — como, por exemplo, o culto dos orixás, mais tarde chamado candomblé.

Entre 1807 e 1835, levantes de escravos e negros livres formaram um colar: 1809, 1813, 1816, 1826, 1827, 1830. O de 1826 foi liderado

Crônicas para ler na escola **83**

pela alufá Zeferina, chefe do quilombo do Urubu, no Cabula, lendária numa terra em que mulher não fazia política.

Em 1835, malês decidiram tomar o poder na última noite do nono mês islâmico, dedicado ao jejum diário, Laylat al-Qadr, a Noite da Glória, no calendário católico, dia de Nossa Senhora da Guia. Houve delação, a insurreição abortou. Um grupo saiu, então, para libertar o alufá Pacífico Licutan, recolhido à cadeia pública por dívida do amo; outro tentou ocupar o bairro estratégico da Vitória; um terceiro atacou o quartel de polícia, na Lapa. Derrotados em Água de Meninos, tentaram fazer junção com os do interior, não passaram do forte do Cabrito.

Na manhã de 25, que foi um domingo, as ladeiras e os becos de Salvador fediam de cadáveres. As penas para 234 capturados foram galés, trabalho forçado com pés agrilhoados, açoites (Licutan, por exemplo, recebeu mil, em praça pública), enforcamento para seis, deportação para a África de 33.

Luíza Marrim — oriunda do povo marrim, do Daomé —, quitandeira livre, fugiu para o Rio de Janeiro, onde foi presa e deportada. Há indícios de ter sido combatente de rua. Deixara em Salvador um filho aos cuidados do pai, que, endividado no jogo, o levou um dia para visitar um navio no porto e saiu de fininho. Vendido para São Paulo, o filho de Luíza se fez rábula, poeta e líder abolicionista. Fundou a Confederação Abolicionista. Se chamava Luiz Gama. Processado por abrigar escravos fugidos, se defendeu com uma tirada que virou slogan: "Todo escravo que assassina o seu senhor pratica um ato de legítima defesa."*

A história da escravidão é a história da luta contra a escravidão. Suicídios, abortamentos, fugas individuais, assassinatos de senhores, como o *amansa-sinhô* — envenenamento lento que provocava abu-

---

* Ver página 35 do livro da coleção Retratos do Brasil Negro, *Luiz Gama*, de Luiz Carlos Santos (São Paulo: Selo Negro, 2010).

lia, sonolência, intoxicação —, participação em revoltas de índios e de brancos liberais, sabotagens e greves. Os quilombos mais famosos tinham forma mais complexa, exigindo, em certos casos, organização armada e política.

Quando dois malês se cruzavam, um dizia:

— *Salam aleikum* (a paz esteja convosco).

O outro respondia:

— *Aleikum salam* (convosco esteja a paz).

Vem daí a expressão *salamaleque*, cerimônia, rapapé, que usamos até hoje. ("Deixe de salamaleques, vamos ao assunto", "fulano é cheio de salamaleque...".) Também a expressão "fazer sala" (entreter uma visita), vem de *salah*, prece, oração. O abadá dos blocos da Bahia também era hábito malê — depois das abluções matinais, os crentes vestiam a túnica branca comprida, o gorro com franjas. E o costume baiano de roupa branca na sexta-feira? Herança muçulmana.

Islam, Islame em árabe significa submissão. A conquista da África pelo islá, concluída no século XI pela dinastia berbere dos almorávidas, foi uma onda da África do Norte em direção ao sul e ao oeste. Foi recebido pelos ricos e poderosos chefes — de reinos e pequenos Estados, desenvolvidos ou embrionários — como um presente árabe: a nova crença unia a sociedade, amansava os fracos, dava ao Estado técnicas de administração, uma língua escrita, de circulação internacional, uma justificativa para atacar os vizinhos — o *jihad* —, escravizá-los e vendê-los.

O imperador do Mali, Kanku Mussá, quando se converteu ao islamismo (1324), peregrinou a Meca com cerca de 60 mil súditos, nobres, escravos, soldados, levando perto de 2 mil toneladas de ouro. Na volta construiu a grande mesquita de Djinger-Ber, em Tombuctu. Aceitando o islá, os reis africanos entravam na civilização árabe: "Não há diferença entre o árabe e o não árabe, entre o branco e o negro, a não ser o grau de sua crença em Deus", diz o Corão.

Atravessando o Atlântico nos porões dos navios negreiros, o islã manteve seus cinco pilares: a unidade divina; as cinco orações diárias; a peregrinação a Meca (substituída pelo *bairão*,* com sacrifício de um carneiro e *salah* — as cinco orações públicas); a esmola aos necessitados; o jejum no mês de Ramadá virou de cabeça pra baixo: submissão ao Corão passou a significar justamente rebelião contra os amos.

A política colonial proibia aglomeração de negros da mesma origem, impossível de cumprir no caso dos muçulmanos, trabalhadores mais qualificados — conheciam ourivesaria, comércio, burocracia, medicina, matemática. O islã negro trouxe para a Bahia um pouco da civilização árabe. No plano político, acabou por concentrar a luta contra a escravidão, ligadura dos negros que incendiaram a Bahia por tanto tempo. Maomé advertira: "Alá não quer injustiça contra suas criaturas" (Alcorão 3:108). Impiedade, na visão dos malês, era adorar a Deus e, ao mesmo tempo, oprimir os homens. Suas rebeliões foram guerras santas, visando a um Estado islâmico independente.

Manuel Querino (1851-1923), historiador e polígrafo, ainda conheceu a comunidade malê de Salvador. Só reconheciam duas entidades superiores, Olorum-u-luá (o criador) e Mariama (mãe de Jesus), e desprezavam Satanás, sem poder no mundo. Eram tolerantes em matéria de crença, educavam os filhos como cristãos; só não se misturavam com infiéis, cristãos ou praticantes de cultos indígenas ou africanos. Praticavam a poligamia, escreviam sinais cabalísticos sobre quadro de madeira, com tinta azul, importada da África, depois o lavavam, dando a água a beber, para fechar o corpo; as mulheres, num requinte de beleza, pintavam as pálpebras inferiores com essa tinta. Circuncidados aos 10 anos, os

---

* Segundo o *Dicionário eletrônico Houaiss* da língua portuguesa, "nome de duas festas religiosas dos muçulmanos, o pequeno bairão e o grande bairão, realizadas respectivamente depois do jejum do Ramadá e, daí a setenta dias, no fim do ano muçulmano".

homens usavam cavanhaque. Dormiam cedo, pois às quatro da manhã se levantavam para a primeira prece das cinco que faziam durante o dia. Usavam patuás com versículos do Corão.

Em 1982, a reforma de uma loja no centro do Rio reservava uma surpresa. Dentro de uma velha parede dormia um amarrado de manuscritos árabes. Através dos jornais, e não da sala de aula, muitos cariocas ficaram sabendo da existência de antigas mesquitas, alufás e ilimanes (sacerdotes muçulmanos acima dos alufás) na sua cidade. Na mesma época começou na Bahia o movimento malê de blocos afro. Maomé — como Cristo, Tupã e Xangô — teve um papel em nosso passado.

O pó da condessa

Don Luis Jerónimo Fernández de Cabrera y Bobadilla assumiu o governo do Peru, com o título de vice-rei, em 1629. Duro, acostumado ao sofrimento, dizem que em prol do silêncio mandou cortar a língua de vendedores que apregoavam sua mercadoria nos arredores do palácio. Para ter essa fama, terá sido um verdugo de índios, mestiços e espanhóis pobres.

Com pouco tempo na terra, Don Bobadilla contraiu malária, que ali chamavam terciana e, aqui, maleita, paludismo, sezões etc. Os médicos europeus que mandou trazer, com promessas de pagamento na mais pura prata, logo desistiram. Foi vítima de um charlatão que, dizendo conhecer uma droga na foz do rio Congo, montou uma expedição à África que custou pequena fortuna aos cofres do vice-reinado. Bobadilla e o aventureiro eram homens de caráter. Esgotada a medicina metropolitana, começou a apelar para a da terra. À tarde, o palácio ficava tão enfumaçado de ervas amazônicas que não se enxergava um palmo à frente. A tanto desceu que se embriagava de chicha com os bruxos de Lima.

O bispo teve de chamá-lo à razão. Que se conformasse com a doença, quase nunca matava, se matasse era por exclusivo gosto do Senhor Padecente. Don Bobadilla, que já suspeitava do bispo por um antecedente de conspiração, após esse conselho, perfeitamente sensato, perseguiu-o de tal jeito que o prelado voltou para a Espanha. Morreu de nó nas tripas quando seu navio se aproximava das ilhas Canárias. Até o fim de seus dias, Don Bobadilla carregou a suspeita de envenenador.

Uma tarde em que sua vida não valia um tostão furado, um padre jesuíta procurou a condessa de Cinchón. Conde de Cinchón era um dos muitos títulos do vice-rei empaludado. O padre queria falar à condessa em segredo. Na saída, lhe deixou uns pedaços pardo-escuros, quase vermelhos, da cortiça de uma certa árvore. E lhe explicou como os índios faziam: moíam até virar pó, misturavam à água e bebiam tudo de um só gole.

Por se acaso, cansada do mau humor do marido, que atribuía às febres terçãs, a condessa assim fez. Não lhe disse o que era, ou Bobadilla teria arremessado longe os pedaços de cortiça. Tomara ódio à selva, não podia ver uma simples carreira de formigas que não se levantasse para exterminá-las com uma torcida de papel acesa. Enganou-o que era lavagem de imagens de prata, boa para fortalecer os ossos.

A árvore se chamava quina (*Cinchona pubescens Vahl*). Curará palúdicos em todo o planeta, até hoje, ainda que seu princípio ativo — é um alcaloide da classe dos indolo-terpênicos — tenha sido isolado. No Peru continua a se chamar quina, *cascarilla*, cinchona, pó da condessa etc. Durante muito tempo, o gostinho amargo da popular água tônica era quina. Sendo custoso, hoje se usa um composto de raízes de chicória.

O vice-rei continuou mal-humorado, mas se curou. Em tempo: o envenenamento do bispo, a mutilação dos vendedores, a perseguição das formigas, a amizade com bruxos chicheiros etc. são histórias. Nenhum descendente seu precisa reclamar.

Napoleão no Brasil

Os revolucionários da Revolução Pernambucana de 1817, na maior parte, eram padres. Singularidade brasileira: padres maçons, amancebados publicamente, com filhos, netos etc. Um deles, padre Roma, executado mais adiante na Bahia, deixou, pelo menos, dois filhos de luta — um deles do Estado-maior de Simon Bolívar na campanha pela independência da Venezuela.

O comando da revolução pensou grande. Articulado com a "esquerda internacional" (como dizemos hoje), sequestrou Napoleão Bonaparte da sua ilha-prisão, Santa Helena, e lhe entregou aqui o comando da guerra contra Portugal. O pai da guerra se adaptou com facilidade a Pernambuco, tomou gosto pelo caju, a pitanga, os beijus que se faziam no mercado.

Do ponto de vista militar é que a coisa pegou. Não faltavam armas, contrabandeadas dos Estados Unidos, nem ânimo revolucionário etc. Faltava população para compor os regimentos. Napoleão teve uma ideia terrível: fazer aliança com um quilombo de Itamaracá, que há anos incomodava a província. Como os revolucionários vetassem a ideia, ele radicalizou como de seu estilo. Reuniu o comando e deu um *ultimatum*: vamos libertar os escravos, faremos com eles um exército invencível. Se eu tivesse essa possibilidade dez anos atrás, o resultado de Waterloo* seria outro.

Esse impasse político (também como dizemos hoje) perdeu a revolução. Os revolucionários de 1817, como todos os brasileiros daquele tempo — inclusive o Tiradentes —, dependiam do trabalho escravo. A proposta de Bonaparte era inexequível. Antes do desastre final, e depois de ganhar algumas batalhas que se somaram às maiores que teve na Itália e na Alemanha, ele sumiu. Tão misteriosamente quanto havia chegado.

Em 1835, na sequência de outras menores, explode na Bahia uma séria rebelião malê, nome que se dava então ao negro de religião islâmica. Numa chácara dos arredores de Salvador, ainda muito verde, apesar da devastação de três séculos, morava um militar inglês aposentado, cujos escravos ele próprio estimulou a aderirem à revolução. Dava-lhes inclusive rápido treinamento militar de primeiros socorros, matando, desse jeito, saudades dos tempos em que devastara metade da Europa.

Afogada em sangue a rebelião malê, encerrando para sempre a pretensão muçulmana de ameaçar a nossa civilização cristã ocidental, ficou uma dúvida. Quem seria o misterioso general inglês retirado? Um impostor vulgar a soldo de potência estrangeira? Ou o formidável ator baiano Lázaro da Silva, natural de Nazaré das Farinhas que, na falta de melhor, interpretava papéis como meio de vida?

---

* Em 18 de junho de 1815, Napoleão Bonaparte perdeu a batalha de Waterloo (Bélgica) contra a Inglaterra e a Prússia. Este evento marcou o fim de seu império, e ele foi então deportado para a ilha de Santa Helena.

Um magno historiador, já no século XX, levantou uma hipótese: não seria o falso general o mesmo ator que, em 1817, se fez passar por Napoleão Bonaparte? Nesse caso, podemos perdoar aos revolucionários pernambucanos, padres mundanos e radicais, que morreram por liberdade e justiça, o terrível engano. E ao autor dessas linhas, a invenção.

Incidente em Antares

Nos bons tempos, fui julgado por um juiz auditor militar curioso. O bom homem recebia pelo telefone as sentenças que devia proferir. Sei por ter ouvido, sem querer, do outro lado da linha. Para ser justo, não era tão simples assim, havia um conselho de oficiais que ele, togado, presidia; e, mal ou bem, uma lei de segurança nacional a ser aplicada. As sentenças eram atribuição de três aparelhos: a repressão, o de justiça, o telefônico.

Aquele juiz dava a impressão de amar a literatura. Não a jurídica, o que faria sentido, mas as belas letras. Das vezes em que fui levado à sua presença, não houve uma em que não puxasse assunto. Por exemplo:

— O senhor lê muito na prisão? Embora sem o tempo e a calma do senhor, sem brincadeira, li nas férias *Incidente em Antares*, do seu companheiro Erico Verissimo.

E virando para o conselho à sua esquerda:

— Os senhores deviam ler. É bom, muito bom. Não é por ser comunista que um autor não presta.

Para mim:

— O senhor certamente leu. É altamente criativo, bem-escrito. Um comunista de talento.

Para os oficiais do lado direito da mesa:

— Se passa numa cidadezinha do Rio Grande do Sul. Os mortos por tortura se erguem, certa madrugada, de seus túmulos, vêm para o centro da cidade cobrar justiça, denunciar a barbaridade que sofreram. Imaginem os defuntos deformados rondando o coreto da praça... Estou resumindo um romance alentado, quinhentas páginas.

Em outra audiência, como um ator honesto de um teatro de bolso, sempre se dirigindo ao pequeno público da sala memorável, recitou um poema. Embatucou com o autor. Castro Alves, Fagundes Varela? Foi salvo pela datilógrafa.

Na ocasião, desprezei a vocação daquele homem calmo, deslocado, sinistro. Trinta anos depois, sua lembrança me incomoda. Um literato. Quando tive direito à condicional, me atormentou pela última vez:

— Está no seu direito. Mas diz aqui o diretor do presídio que o senhor canta *A Internacional* quando algum terrorista ganha liberdade. Por que não canta o Hino Nacional Brasileiro? Talvez não saiba. Sabe?

Virou, alternadamente, para os dois lados do conselho:

— Não conhece a bela letra de Joaquim Osório Duque Estrada (o autor do hino nacional). Vamos pedir ao seu Joel que nos prove merecer o benefício.

Para mim, triunfante:

— Cante pra nós o hino da sua pátria.

Um amante das letras, que aproveitava as férias para romances alentados. Na juventude talvez fosse recitador de versos doloridos: "Se eu morresse amanhã, viria ao menos fechar meus olhos minha triste irmã..."* Numa cidade da Sorocabana, se refugiaria dos exercícios de aritmética enfiando a cara em antologias escolares. Os pais temiam por seu futuro. Deu em juiz militar, lendo nas férias romances subversivos. Atormentava "subversivos" com ficção e poesia.

Em tempo, não cantei o hino.

---

* Trecho do poema "Se eu morresse amanhã", de Álvares de Azevedo (1831-1852), publicado em *Lira dos vinte anos*.

Irene

No começo de 1936, o grande escritor Graciliano Ramos era diretor da Instrução Pública de Alagoas. Fez algumas "besteiras", como a de cortar o hino nacional antes das aulas. "Ouviram do Ipiranga as margens plácidas..." "Para que meter semelhante burrice na cabeça das crianças, Deus do céu?" Outra foi distribuir cadernos e pano aos coitados, mas a gota d'água foi nomear uma professora mulata diretora do mais importante grupo escolar de Maceió. Em 15 dias, dona Irene caçou alunos por becos, ruelas, cabanas de pescadores. Aumentado o material, divididas as aulas em dois turnos, mais de oitocentas crianças superlotavam o prédio, exibindo farrapos, arrastando tamancos. Ao vê-las, o interventor disse indignado:

— Convidam-me para assistir a uma exposição de misérias.

Alguém respondeu:

— É o que podemos expor.

Quatro dessas criaturinhas, beiçudas e retintas, tiraram as melhores notas nos últimos exames.

— Que nos dirão os racistas, dona Irene?

Dera um salto perigoso, descontentando sujeitos que faziam cantar hinos idiotas, emburrando as crianças. Com o fracasso do levante da ANL (Aliança Nacional Libertadora), em 1935, um arco que ia de comunistas de carteirinha a intelectuais críticos, passando por ex-tenentistas, a repressão se abateu sobre a esquerda. Em Maceió, se reunia no Café Cupertino um grupo interessante: Alberto Passos Guimarães (*Quatro séculos de latifúndio*), Manuel Diegues e Théo Brandão (da antropologia científica), Leôncio Basbaum (*História sincera da República*), Santa Rosa (o artista gráfico), Jorge de Lima (o poeta)...

Graciliano foi avisado que entraria em cana. Arrumou gavetas, pegou o bonde pra casa. Espiando navios e coqueiros, percebia ter sido uma excrescência. Na casinha da Pajuçara, bicando cachaça até a madrugada, revisou *Angústia*.* A prisão iminente lhe dava quase prazer: adeus pareceres, ofícios, estampilhas, horríveis cumprimentos ao deputado e ao senador. Cerca de 19 horas, um automóvel deslizou na areia, parou na porta. Um oficial do Exército, espigado, escuro, cafuz, entrou na sala.

— Que demora, tenente! Desde meio-dia estou à sua espera — disse o escritor, pegando a mala.

Perguntaram a Sartre, expoente do existencialismo francês, em caso de naufrágio, que livro levaria para uma ilha deserta: *Manual prático da construção de barcos*. O meu seria *Memórias do cárcere*. É uma espécie de célula-tronco (apesar de posterior, 1953) da pequena obra de Graciliano. Ali estão contidos, embrionariamente, seus grandes romances, *Caetés*, 1933; *São Bernardo*, 1934; *Angústia*, 1936; *Vidas secas*, 1938. De *Memórias* não sai apenas, retrospectivamente, o estilo — a língua tesa, clássica, minimalista. Deriva também o motivo — o tempo brasileiro, em

---

* Quando *Angústia* foi publicado (1936), Graciliano já havia sido levado preso ao Rio de Janeiro. Foi libertado no ano seguinte.

que urbanização acelerada e cultura do populismo disfarçam a construção do capitalismo selvagem.

Reli muitas vezes as *Memórias*. Na última me fixei no episódio da professora mulata, dos pretinhos arrebanhados em becos, ruelas e cabanas de pescadores.

"Que nos dirão os racistas, dona Irene?"

Uma pistola dourada

Em setembro de 1677, ganhou as brenhas de Palmares certo Fernão Carrilho. Palmares eram as matas fechadas ao sul de Pernambuco (hoje Alagoas), onde se havia formado um quilombo de quase 10 mil rebeldes.

Carrilho era um soldado astuto, ambicioso, feroz. Tipo Hernán Cortez, o ex-pastor de porcos que destruiu sozinho o império asteca. Corria longe sua fama de predador. Havia um ano tentava organizar expedição contra Palmares. O chão estava coberto de buritis podres.

Alguns senhores de engenho foram se despedir dele às portas do sertão. Carrilho levantou a voz para estimular seus homens:

"Os inimigos que ireis encontrar são numerosos, mas têm alma de escravos, se é que a têm. A natureza criou-os mais para obedecer que para resistir. É vergonhoso para os pernambucanos serem corridos por negros que eles próprios açoitaram um dia. Destruindo Palmares, teremos terra para cultivar, negros para nosso serviço."

Entre soldados brancos, estuporados de mosquitos, índios e negros, a tropa eram 185 homens. Com 13 dias de marcha forçada,

Carrilho planejava pegar de surpresa a povoação de Acotirene. Estava vazia. Torturou uns presos e ficou sabendo que Ganga Zumba, o chefe supremo, se achava perto, em Subupira, com seu estado-maior. Chegou tarde, só o vento redemoinhava na Praça do Concelho.

Carrilho perdeu cinquenta homens por deserção. Recebeu reforço de Olinda e, enfim, localizou um pedaço do exército palmarino. No primeiro combate, capturou 56 quilombolas. Matou João Gaspar, João Tapuia e Ambrósio, chefes de mocambos (povoações).

Um mês depois, acharam a aldeia principal, a do Amaro. Ganga Zumba estava lá. Flechado numa perna, fugiu, abandonando uma espada e uma pistola dourada.

Quando Carrilho tornou ao litoral, havia passado cinco meses. Trazia mais de duzentos negros aprisionados, que repartiu entre os soldados — descontado o imposto real. Palmares tinha acabado? Carrilho passou sob um arco de triunfo e libertou, solenemente, dois pretos: Dambi e Madalena. Fossem dizer a Ganga Zumba que era aquela a última chance de se entregar. Em nome de Deus e d'El Rei.

Rezou-se missa comemorativa na igreja principal de Porto Calvo. O padre, quem era? A história o conhece apenas como padre Melo.

Anos antes, 1655, outro capitão, feroz como Carrilho, ao voltar de expedição contra Palmares, lhe dera um pretinho de presente. Padre Melo o criou com carinho, lhe ensinou histórias da Bíblia, matemática e latim. Como era manso, o batizou com o nome de Francisco. Com 12 anos, Francisco fugiu. Padre Melo adivinhou para onde, não reclamou. Quem sabe um dia não sai do mato e vem me visitar? Oficiando a missa pelo triunfo de Fernão Carrilho, aquele dia em Porto Calvo, padre Melo lembrou-se de Francisco, que agora se chamava Zumbi.

Esse Zumbi dos Palmares é que substituiu Ganga Zumba na chefia de Palmares, depois que este perdeu uma pistola dourada e o prestígio de chefe.

A profecia dos caifazes

No começo de 1887, uma procissão incrível percorreu o centro de São Paulo. Entre os andores dos santos, se viam instrumentos de tortura. Gargalheiras, grilhões, cangas, relhos, anéis de apertar os dedos (chamados "anjinhos"), palmatórias. Quase nenhum brasileiro hoje conhece esses objetos; naquele tempo, não havia um só que não conhecesse, seja por ter visto aplicar, seja por ter aplicado. Máquinas de dor. Na frente da procissão, bem debaixo da imagem do Cristo crucificado, desfilava aos tropeções um rapazinho preto. Mexia braços e pernas como boneco de engonço. Retorcia a cara, falava sozinho. Enlouquecera, talvez. A impressão da cidade foi grande. A polícia não ousou impedir. A multidão foi indo, silenciosa. De vez em quando um som de soluço partia dos que se aglomeravam nas calçadas.

Esse espetáculo foi armado por um agitador formidável: Antônio Bento de Sousa e Castro, o líder dos caifazes. Bento era fazendeiro renegado. Lera em João 11:50 a profecia que Caifás profetizou: Jesus "deveria morrer pelo povo e, assim, a nação inteira não pereceria". Cansado e insatisfeito com os métodos legais de luta, Bento fundou uma organização armada para libertar escravos e executar torturadores. Caifazes.

Pela ação dos caifazes nasceu em Santos, porto paulista, nas terras altas entre o mar e a montanha, o quilombo do Jabaquara. Imensa favela de madeira, palha, barro, telhados de zinco. Celeiro de estivadores, operários do carvão e, mais tarde, craques de futebol.

Aquela procissão, em que um escravo enlouquecido pela tortura desfilou ao pé do Cristo crucificado, inchou a organização de Antônio Bento. O espetáculo-agitação deu certo. Estudantes do Largo de São Francisco, jornalistas, advogados, rábulas, operários gráficos, ferroviários, fazendeiros esclarecidos... Havia cada vez mais caifazes, clandestinos ou abertos. Arriscavam a pele pelos slogans:

"A escravidão é um roubo. O escravo que mata seu senhor, seja em que circunstância for, age em legítima defesa."

A partir de 1887, começou a deserção em massa dos trabalhadores. Centenas chegavam ao Jabaquara diariamente. Ou a Cubatão. Ou às matas em torno de Jundiaí. A pé, de trem, em burros, em carroças mal-ajambradas, quem sabe voando.

Como terminaria aquilo? Não precisava de bola de cristal. Os custos da escravidão ficavam cada vez mais altos. O trabalho escravo ainda era lucrativo. Mas o custo do sistema — manutenção do escravo, mais gastos com segurança — o tornava inviável. Cabeças pensantes da classe proprietária decidiram entregar os anéis para não perder os dedos. Deputados e senadores, saídos em esmagadora maioria dessa classe, votaram em tempo recorde a, talvez, menor lei da história brasileira, a Lei nº 3.353, de 13 de maio de 1888:

Artigo 1º — É declarada extinta a escravidão no Brasil.

Artigo 2º — Revogam-se as disposições em contrário.

Papagaio come milho, periquito leva a fama.

As banhas do ouvidor

Cheguei a São Paulo em 1967, vindo de "outro sonho feliz de cidade". Sofrendo com o vento encanado do Anhangabaú, não acreditava que tivesse vivido ali, de tanga, uma tribo de índios. Contava o padre Anchieta que naquele tempo a melhor brincadeira era escorregar para o vale do Tamanduateí em folha de bananeira.

Em 1640, Portugal se separou da Espanha. Dom João IV, o Restaurador, exigiu que o Brasil inteiro lhe jurasse fidelidade. Na cidadezinha de São Paulo de Piratininga (já com mil habitantes), um punhado de moradores quis um rei daqui mesmo. Era um comerciante, Amador Bueno de Ribeira. Aclamado, Amador declinou da gentileza. Jurado de morte, se escondeu no mosteiro de São Bento. Só veio à janela quando os ânimos esfriaram. São Paulo era região desligada de Lisboa, a grande lavoura não prosperara ali. Sua gente, muito cedo, deixou de se considerar lusitana.

Em 1620, numa fria tarde de agosto, chegou um ouvidor (magistrado que representava o interesse dos donatários das capitanias). Visita de rotina, amedrontando safados e honestos. Ouvidores aplicavam, na Colônia, as temíveis Ordenações. Onde hospedar o homem? Só podia ser na Câmara. O problema era que camas se contavam nos dedos — a maioria do povo dormia no chão ou em redes. A primeira ideia foi requisitar uma, "em nome do Povo", para servir ao funcionário real. Só que, feitas na terra, eram bregas, mais para catres. O ilustre ouvidor repousaria suas preciosas banhas numa "cama de negros"? Alguém de repente se lembrou:

— A cama de Gonçalo Pires!

Três vereadores se dirigiram à casa do comerciante.

— Vossas mercês estão malucos. A cama é minha, comprei em Portugal. Não empresto a ninguém.

— Então alugue, pelo amor de Deus.

Gonçalo saltou nos tamancos:

— Não empresto, não alugo, não dou, não vendo. Lá sou bugre ou negro pra dormir no chão? O senhor ouvidor pode dormir onde quiser. Na minha cama, não.

Os vereadores saem dali para o juiz.

— Se o tal de Gonçalo se recusa a servir Sua Majestade, vou declará-lo rebelde. Os senhores podem, nesse caso, confiscar a cama, usando a força. Se reagir, podem metê-lo no xadrez. Podem até enforcar, esquartejar. Está na lei.

Os vereadores retornam com seis índios e homens armados. Invadem a casa. Ainda tentam um acordo:

— Não é ameaça, mas o senhor sabe o que é degredo para a África? Já deu uma volta pela Tabatinguera?

Em Tabatinguera — hoje Baixada do Glicério — ficava a forca. Um dos oficiais pretendia a mão da filha de Gonçalo. Botou a mão no seu ombro:

— Meu futuro sogro, nessas circunstâncias, não acha melhor emprestar ou alugar a cama? Francamente...

Gonçalo mostrou a saída:

— A porta da rua é serventia da casa.

Os índios desarmaram a cama. No dia seguinte, as banhas do ouvidor Amâncio repousaram até tarde. Pela grade da cadeia, Gonçalo fitava um menino índio surfar em direção ao rio numa folha de bananeira da terra.

Os papéis de Carolina

Lá por 1960, beirando o Tietê, em São Paulo, se espalhava a favela do Canindé. É véspera de eleição e um jornalista, que acabará famoso, chega para cobrir um assunto do tipo "inventa notícia". Cativeiros, facções, narcotráfico ainda não existiam. O jornalista tem a atenção despertada por um bate-boca. Adultos usam indevidamente um parquinho e uma negra catadora de lixo, alta, lenço na cabeça, os ameaça:

— Vou botar vocês no meu livro!

Ela escrevia, de fato, um diário em seu barraco, atulhado do lixo que não pudera vender nos dias anteriores. *Quarto de despejo: diário de uma favelada* vendeu cerca de 100 mil cópias em um ano; 10 mil em três dias, se equiparando a Jorge Amado e, mais tarde, a Paulo Coelho. Foi um dos mais traduzidos livros brasileiros. Carolina Maria de Jesus (1914-1977) publicou ainda, com sucesso declinante, *Casa de alvenaria: diário de uma ex-favelada* (1961), *Provérbios de Carolina Maria de Jesus* (1969), *Pedaços da fome* (sem data). Postumamente, saiu *Diário de Bitita*.

— Vou botar vocês no meu livro!

Grafomaníaca, deixou perto de 140 cadernos, folhas avulsas, pedaços de jornal e papelão anotados que os filhos, com orgulho, guardam até hoje. Antes de catar papel foi empregada, faxineira de hotel, auxiliar de enfermagem, vendedora de cerveja, artista de circo. *Quarto de despejo* se abre assim:

"15 de julho de 1955. Aniversário de minha filha Vera Eunice. Eu pretendia comprar um par de sapatos para ela. Mas o custo dos gêneros alimentícios nos impede a realização dos nossos desejos. Atualmente somos escravos do custo de vida. Eu achei um par de sapatos no lixo, lavei e remendei para ela calçar."

Carolina foi pobre soberba. "Crioula metida", diziam os vizinhos, que a apedrejaram quando o caminhão da sua mudança saiu. Com o filho nas costas, enfiando papéis e restos de comida num saco, mantinha ares de mulher bonita, "que sabe ler e escrever", capaz de dialogar com polícia e autoridades. Só namorava brancos, de preferência estrangeiros, evitando pretos e nordestinos.

Saiu da pobreza e retornou a ela em menos de dez anos. Foi a época da agitação política (ligas camponesas, reformas de base etc.) que o golpe de 1964 cortou; de Adhemar de Barros, Jânio e Jango.*

---

* Quando João Goulart, o Jango, assumiu a presidência deixada por Jânio Quadros (que renunciou), retomou a discussão das "reformas de base", em que propunha mudanças de cunho fiscal, econômico, agrário etc. para o país. Discutia-se o direito às terras pelos trabalhadores, entre outras coisas, e foi nesse contexto que surgiram as ligas camponesas (associações de trabalhadores rurais criadas em diversos estados brasileiros, e que exerceram intensa atividade no período que se estendeu de 1955 a 1964). Os desdobramentos políticos da tentativa de implantação dessas reformas levou ao golpe militar de 1964, que contou com a adesão do político Adhemar de Barros, então governador do estado de São Paulo. Ele rompeu com Jango e colocou toda a força econômica, política e militar paulista a serviço da conspiração que culminou com a tomada do poder pelos militares.

O sucesso de Carolina se deveu, em parte, ao Movimento Universitário de Desfavelamento, que a levou para fazer conferências pelo país. Mas não era de esquerda. Nunca aceitou o papel de "pobre injustiçada", politicamente correto. Gostava de ser pobre sozinha. *Quarto de despejo* termina assim:

"31 de dezembro. Levantei às três e meia e fui carregar água. [...] Espero que 1960 seja melhor do que 1959. Sofremos tanto no 1959, que dá para a gente dizer: Vai, vai mesmo! Eu não quero você mais, nunca mais!

1º de janeiro de 1960. Levantei às cinco horas e fui carregar água."

Carolina e Dete

Em 1960, editado por Audálio Dantas, então repórter de *O Cruzeiro*, uma de nossas revistas ilustradas mais importantes, apareceu *Quarto de despejo*, de Carolina Maria de Jesus. Em uma semana vendeu 10 mil exemplares. Hoje, para economizar estatística, terá batido o um milhão de exemplares, traduzido em 13 línguas, pelo menos, adaptado para teatro, cinema, televisão, adotado em universidades norte-americanas.

Assim, o livro subiu e desceu rápido. Por quê?

A razão mais óbvia é que desagradou à direita e à esquerda. À primeira porque expunha misérias, à segunda porque a expunha sem falar em socialismo.

Os tempos eram de agitação, eufemismo para aceleração da história, assustadora para a direita, benfazeja para a esquerda. Desde o suicídio de Getúlio Vargas (1954), para demarcar com o fato mais conhecido, a sociedade brasileira começara a mudar outra vez, rapidamente. Em todos os níveis, na sua face interna como na externa. Sem bola de cristal ninguém adivinharia o golpe que fecharia aquela agitação. Ninguém em termos — em 1960, a favelada "metida a escritora" avisou: "Se o custo de vida continuar assim, teremos uma revolução em breve."

A agitação arrastou o que chamávamos de massa: líderes proletários, da cidade e do campo, eminências estudantis, jornalistas, intelectuais, pequenos empresários de capital nacional, comunistas antigos e novos, padres progressistas. Entre eles, vaga a memória afetiva de cada um de nós. A minha, por exemplo, retira daquele turbilhão o Vianinha, cofundador do Teatro de Arena, de São Paulo, do CPC e, mais tarde, do seriado de televisão *A Grande Família*. Vianinha amava Odete Lara.* Terminaram, ela não queria um namorado que pensava em política 24 horas por dia. Ele pediu:

— Volta, Dete, o amor faz parte da luta anti-imperialista.

Difícil de explicar a um jovem de hoje.

Audálio Dantas descobriu Carolina numa reportagem sobre a favela do Canindé, em São Paulo, mais ou menos onde está hoje o estádio da Portuguesa. Ela ameaçava marmanjos que usavam brinquedos de criança:

— Vou botar vocês no meu livro!

Audálio se interessou porque estava ligado na agitação, no que se chamava, então, lutas sociais, tomava parte delas. Mexeu pouco nas dezenas de cadernos que a escritora lhe mostrou no barraco atulhado de sacos de lixo, um ponto, uma vírgula, uma palavra incompreensível.

---

* As peças teatrais de Vianinha (Oduvaldo Vianna Filho, 1936-1974) colocaram em cena a realidade brasileira. Ele levou o teatro ao movimento operário, aos sindicatos, às favelas e às organizações de bairro. Nesse contexto, surge o CPC (Centro Popular de Cultura) da União Nacional dos Estudantes (UNE), que desejava conscientizar o público fazendo um teatro "revolucionário". O Teatro de Arena também congregava expressivo rol de artistas comprometidos com a dramaturgia política e social. E a bela Odete Lara? Uma das maiores atrações da TV Tupi, atuava no cinema, no teatro, além de ser uma grande cantora.

Carolina foi admirável escrevinhadora, grafomaníaca, em jargão psicológico. Microfilmados na Biblioteca Nacional estão quatro peças, dois romances, centenas de poemas, provérbios, conselhos, comentários sobre o cotidiano e o mundo. Mais de 5 mil escritos.

Nem todo escrevinhador se eleva a escritor. Ela se elevou em alguns momentos, sobretudo nos dois diários, *Quarto de despejo* e *Casa de alvenaria*, este editado por sua própria conta. Neles, brilha a condição do verdadeiro escritor: aquele que tem algo a dizer sobre a vida do homem e o diz para todos os homens entenderem.

O comunista hormonal

Eu assistia a um jogo da Copa do Mundo quando soube por telefone da morte de José Saramago.

O grande escritor dizia que "comunista é um estado de espírito". Questionado por um entrevistador, disse também:

— Sou aquilo que se pode chamar de comunista hormonal. O que isso quer dizer? Assim como tenho no corpo um hormônio que me faz crescer a barba, há outro que me obriga a ser comunista.

Por outras palavras, se livrava das idealizações, dos erros e equívocos dos sistemas e partidos comunistas, preservando o que a definição tem de ética. Comunista é algo em que *se está*, talvez de nascença, uma feminilidade de espírito anterior à formação de ideias e opiniões sobre o mundo. Um policial experiente, nos anos 1960, me revelou que reconhecia comunistas pela maneira insegura, ou frágil, de se dirigirem a empregados, garçons e choferes. Se visse uma mulher trocando pneu, também não tinha dúvida e, neste caso, sua intuição de sherloque funcionava ao contrário: um corpo feminino fazendo trabalho de macho indica personalidade comunista.

Ser de esquerda é uma coisa, comunista outra.

Em *Ideas y creencias*, o filósofo espanhol Ortega y Gasset lembra que, ao sair de casa, a cada manhã, não precisamos fazer ideia da rua: cremos, de uma maneira insofismável, que ela estará lá, com seu asfalto, seus sinais, lojas, pontos de ônibus etc. A rua não é uma *ideia*, mas uma *crença*. Por analogia, esquerda é uma ideia, tanto que podemos estar mais à esquerda, ser de centro-esquerda etc. A própria palavra tem uma origem histórica precisa, a assembleia francesa de 1789, em que os deputados que queriam sustar as medidas revolucionárias se sentavam à direita da presidência; os que queriam continuá-las, à esquerda; os indecisos, ao centro.

Madalena, a protagonista de *São Bernardo*, de Graciliano Ramos, não era de esquerda, mas era comunista. Não que tivesse qualquer ligação com o Partido Comunista do Brasil, fundado há menos de dez anos. Seu comunismo estava em duas ou três atitudes: cumprimentava os lavradores, montou escola para seus filhos, lia romances, escrevia cartas. A insegurança do marido, Paulo Honório, para quem pessoas eram objetos, o convenceu de que a mulher era comunista. Comunista — eis de volta a definição de Saramago — é um estado de espírito caracterizado pela autonomia diante da civilização que o capital criou, já vão quinhentos anos. Essa autonomia permite a alguém se dizer comunista mesmo depois de naufragarem os seus dispositivos históricos.

Poderia um comunista não ter espírito autônomo? Certamente. O historiador Eric Hobsbawm garante que nos anos 1970, às vésperas da Glasnost,[*] dificilmente se encontraria um comunista na União So-

---

[*] Em 1985, Mikhail Gorbatchev empreendeu amplas reformas na antiga União Soviética (URSS). As mudanças políticas que ficaram conhecidas como Glasnost intentavam uma imprensa livre e, com isso, maior liberdade de expressão. Por isso, a Glasnost é considerada a origem do processo de redemocratização do bloco socialista.

viética. A designação cobria então burocratas, aproveitadores do Estado autoritário, intelectuais acríticos, multidões despolitizadas.

Comunista, na acepção de Saramago, se aproxima melhor de *marxista*. O essencial do marxismo sobrevive no comunista: a análise, até hoje insuperável, da mercadoria e a *filosofia da práxis*, isto é, a ideia de que o homem faz-se a si mesmo. No entanto, alguém pode *estar* comunista sem *ser* marxista, já que o marxismo é uma teoria que, como qualquer outra, exige estudo e abstração.

Os comunistas são, por isso, otimistas e pessimistas ao mesmo tempo. Como o escritor que morreu.

A hora do show

— Gostou, meu bem? — talvez seja a pergunta mais ouvida à saída dos cinemas. Seja qual for, a resposta já é uma crítica cinematográfica.

Gostei muito de *A hora do show*, de Spike Lee. A interpretação, a trilha sonora, a fotografia, as locações, o andamento — as "formas" do filme — impressionam. Aqui, Spike até se permitiu o luxo de uma nova forma: minicâmeras digitais de vídeo para adequar as imagens ao "recado" que queria dar. O diretor de *Malcolm X* realiza melhor, a cada filme, a unidade de conteúdo e forma.

A hora do show é sobre a triste sina dos negros que fazem sucesso no mundo dos brancos. Qual é o mundo dos brancos? O da mercadoria. A miséria atual dos negros começou com o tráfico negreiro e se refina com o videocapitalismo, sua etapa superior: tudo se transforma em espetáculo para ser comprado e vendido por todos. Nas etapas anteriores, muitos ficavam excluídos, no videocapitalismo ninguém fica, todos participam do espetáculo — seja na TV, como o anti-herói Pierre Delacroix (Damon

Wayans), seja na rua, como o genial Mantan (Savion Glover), seja no gueto, como os rappers Mau Maus.

Por que os negros de sucesso (como, no filme, o roteirista negro e sua assistente) parecem vendidos? Porque são vendidos. É um velho tema, mas Spike Lee joga com as formas cinematográficas para transformá-lo numa tragédia. As suas personagens, neste e nos outros filmes, não têm saída. Nunca conseguirão destruir o mundo dos brancos. Na verdade, nem se colocam essa possibilidade. O mundo em que tudo se transforma em espetáculo para virar mercadoria é invencível. Negros privilegiados, como Pierre Delacroix e sua assistente Sloan Hopkins (Jada Pinkett--Smith), aprendem as regras e já sabem: terão de pintar a cara como os menestréis estereotipados da Hollywood antiga. Miséria: na televisão nem negros podem ser, mas caricaturas de negros.

Onde está a tragédia, neste filme de Spike Lee, se todos consentem em vender a alma? Nem todos. Os rappers resistem por ideologia; Mantan, o sapateador, transformado em astro nacional, resiste por amor; Sloan, a executiva, por um fiapo de consciência que lhe ficou; Delacroix, por ironia — a ironia de Delacroix é fina, difícil de perceber. Resistem, mas serão todos derrotados no fim. Lutar contra o destino irremediável que é a transformação da vida autêntica em espetáculo, do trabalho artístico em mais-valia "espetaculoísta".

— Gostou, meu bem?

Convido os negros brasileiros que amam o mundo que o capital criou a conhecerem Pierre Delacroix e seus amigos bem-sucedidos.

A camisola

A mentira tem formas horrendas: o perjúrio, a estatística, a literatura... Quantas vezes estamos lendo um conto, um romance com emoção e alguém do lado nos adverte:

— Calma. Não é de verdade.

Outro dia reli uma dessas estupendas mentiras: *A relíquia*, do velho Eça de Queiroz. Saiu em 1887 e, dizem, fez mais sucesso no Brasil que em Portugal. Mais ou menos como, hoje, José Saramago.

Um rapaz, o Raposão (pelo nome já se vê), herda uma grande fortuna. Tem como tutora uma tia, a Titi. Amante de pândegas, o Raposão quer usar seu dinheiro livremente. Para agradar a tutora — tão beata que recriminava a natureza por ter criado dois sexos quando bastava um —, decide fazer uma peregrinação à Terra Santa. Titi não cabia em si de feliz. Então o seu sobrinho, um estroina (desajuizado)... Raposão partiu, já antevendo esbórnias na viagem.

Em Alexandria, tem o primeiro choque de realidade: os carregadores de mala do hotel são todos portugueses. À sua frente um alemão de óculos assina a ficha, "Dr. Topsius, da Imperial Alemanha". Raposão toma a caneta e, num ímpeto patriótico, assina: "RAPOSO, PORTUGUÊS D'AQUÉM E D'ALÉM-MAR". Topsius é um cientista. Viajarão juntos até Jerusalém. O português reverenciando o alemão, mas inflamado por um sentimento misto de inferioridade e orgulho.

Na cidade histórica, enquanto Topsius se entrega à pesquisa, Raposão se mete com uma inglesinha, Mary. Escreve à tia, contando jejuns, noites de estudo do Evangelho... Na hora da partida, cativa, ela o presenteia com uma camisola assinada, "Ao meu portuguesinho possante, em lembrança do muito que gozamos". Em Jerusalém, ele e Topsius se afeiçoam, o alemão lhe dá um curso ao vivo de arqueologia. O plano do Raposão é levar uma relíquia de Cristo para a tia. Ela se convenceria da sua santidade, lhe abriria, definitivamente, a herança. Topsius, com a sua sabedoria, o livra dos falsários vendilhões: pregos da cruz, garrafinhas com água do Jordão, pedacinhos da moringa de Nossa Senhora...

Assessorado por Topsius, Raposão compra nada menos que a coroa de espinhos de Jesus, ainda com ferrugem — dissolvida em água benta, curava catarros... Ganharia o coração de Titi e a sonhada independência financeira.

De volta a Lisboa, monta cena teatral para dar à tia a sagrada relíquia. A velha não cabe em si. Presentes os padres de sempre. Raposão faz suspense, demora a abrir o pacote que guardou no fundo da mala, em cofre de cedro. Abre e salta de lá a camisola de Mary.

Expulso de casa, deserdado, o Raposão mora num quarto lúgubre (ah, as expressões de antanho). Profissão: comerciante de relíquias. Inflacionou de tal jeito o mercado de Lisboa — só de pregos da cruz, com certidão, vendeu 75 numa semana! —, que o expulsaram do negócio.

Não conheço mais sedutoras mentiras do que essas.

A puta espirituosa

A **poesia** e o **teatro** parecem os gêneros literários mais antigos. Há quem ache que nasceram do trabalho e da conversa com o Além. Pode não ter sido em todos os casos, mas tem lógica. O cubano Alejo Carpentier (1904-1980), em *Os passos perdidos*, faz, em estilo barroco fino, uma expedição à selva amazônica atrás da mulher-primeira; numa tribo flagra a origem do teatro. Um sacerdote, durante a encomenda do morto, em presença da comunidade, primeiro enaltece seus méritos (bom filho, bom marido etc.), em seguida seus defeitos (não ajudou na caça, não socorreu os velhos etc.). Para alternar os contrários, muda de voz e de gestos, de tom e de postura, inventando música e teatro.

Arthur Bispo do Rosário, o sofisticado artista esquizofrênico revelado por Nise da Silveira,[*] definia assim uma de suas peças: "Este manto

---

[*] Arthur Bispo do Rosário passou a maior parte da vida num manicômio e lá produziu um conjunto de obras de alto valor artístico que encantou o Brasil e o mundo por sua expressividade e criatividade. Colagens, tapeçarias, estandartes, pinturas, bordados,

é pra eu me apresentar no Depois." Se Carpentier e Rosário estiverem certos, se compreende o sentimento do sagrado que experimentamos ao ouvir um poema, ver um quadro, assistir a uma peça.

Tenho meus amigos de papel bem organizados. Um ou outro troca de lugar à minha revelia, provavelmente enquanto durmo. Devem negociar posição. O de Carpentier, por exemplo, hoje o achei entre as biografias. À esquerda de *Eu, Zizinho* — o mestre do futebol-arte —, à direita de *Rosa Egipcíaca, uma santa africana no Brasil,* do antropólogo e historiador Luiz Mott. Esta última biografia é uma viagem tão boa que convido o leitor.

Egipcíaca, que viveu na primeira metade do século XVIII, foi a pioneira das nossas escritoras afro-brasileiras. Louca ou santa, doente ou impostora? Mott contou sua vida desde os 6 anos, quando capturada na costa da atual Nigéria e vendida no Rio (1725). Deflorada pelo amo, como era comum, foi prostituta em Minas por 15 anos. "Se desonestava [as palavras são dela] vivendo como meretriz, tratando com qualquer homem secular que a procurava, em cuja vida assim andou até o tempo que teve o Espírito Maligno." Um exorcista, o padre Xota-Diabos (sic), acabou por adotá-la. Quando o Espírito baixava, Rosa era jogada por um vento contra a primeira cruz à vista, entre outros prodígios. Se autoproclamava esposa da Santíssima Trindade. Fez milagres, adivinhou o futuro, rogou pragas, deu conselhos. Açoitada no pelourinho — coluna de pedra ou de madeira, geralmente colocada em lugar central e público, em que eram exibidos e castigados os criminosos — de Mariana como

---

tudo feito na mais perfeita sintonia com a arte contemporânea mundial, sem nunca ter estudado ou viajado. Nise da Silveira (1905-1999) foi pioneira na história da psiquiatria brasileira: inaugurou o uso da arte nos tratamentos psiquiátricos no país. Criou, em 1952, o Museu de Imagens do Inconsciente, que possui um acervo singular de obras de arte produzidas por pessoas com distúrbios psíquicos.

feiticeira, foge para o Rio, funda o Recolhimento de Nossa Senhora do Parto para putas, quase todas negras e mulatas pertencentes a senhores e senhoras distintas (ou até mesmo a escravos que tinham escravas). Entregue à Inquisição, em Lisboa, a última notícia de Egipcíaca que Mott nos dá é de 1765: após o sexto interrogatório foi largada na cela. Saiu da história pela treva.

Vê o leitor quanto viajamos: selva amazônica, Ibirapuera, Nigéria, pelourinho de Mariana, casa de misericórdia no Rio, uma prisão subterrânea em Lisboa...

O soldado amarelo

"Conto o fato como o fato foi", avisavam os antigos cronistas portugueses. Há fatos que aconteceram de fato. Mas há, também, os que só aconteceram na imaginação. Os historiadores trabalham com ambos. Mesmo porque os fatos que aconteceram de fato estão cheios de imaginação. E os que aconteceram só na imaginação, cheios de verdades. Vou contar um.

O vaqueiro Fabiano recebeu um pisão de um soldado. Respondeu com um palavrão. Foi em cana, passou a noite no xadrez, aguentou surra. Um ano depois, ia pela caatinga, o seu meio natural, quando ouviu um rumor de garranchos. Parou. Voltou-se, deu de cara com o soldado amarelo que o surrara por uma coisa à toa. Levantou o facão. A lâmina parou no ar, junto à cabeça do intruso, bem em cima do boné vermelho. Se tivesse descido, o amarelo cairia esperneando na poeira, com o quengo rachado. Fabiano notou, de repente, que aquilo era um homem e, coisa mais grave, uma autoridade. O soldado magrinho, enfezadinho, tremia. Fabiano tinha vontade de levantar o facão de novo. A certeza do perigo surgira — e ele estava indeciso, de olho arregalado, respirando com dificuldade, um espanto verdadeiro no rosto barbudo coberto de suor, o cabo do facão entre os dedos úmidos. O soldado amarelo batia os dentes como um caititu. Não via que Fabiano era incapaz de se vingar? Fabiano podia matá-lo com as unhas. Sim, senhor, aquilo ganhava dinheiro para maltratar criaturas inofensivas. Estava certo? O rosto de Fabiano se contraía, feito um focinho. Se fosse soldado, ia fazer a mesma coisa? Iria pisar os pés dos trabalhadores e dar pancadas neles? Não iria.

A ideia de ter sido insultado, preso, moído por uma criatura mofina era insuportável. Fabiano guardou o facão. Troço inútil, mas tinha sido uma arma. Se o primeiro impulso tivesse durado mais um segundo, o polícia estaria morto. Imaginou-o assim, caído, pernas abertas, bugalhos apavorados, um fio de sangue empastando-lhe os cabelos, formando um riacho entre os seixos da vereda. Iria arrastá-lo para dentro da caatinga, entregá-lo aos urubus. Depois Fabiano dormiria com a mulher, sossegado, na cama de varas, gritaria aos meninos que fossem obedientes.

Era um homem, evidentemente. Havia muitos bichinhos assim, ruins, como aquele soldado, fraco e ruim. Fabiano vacilou, coçou a testa. Afastou-se inquieto. Vendo-o acanalhado e ordeiro, o soldado ganhou coragem, avançou, pisou firme, perguntou o caminho. E Fabiano tirou o chapéu de couro. Murmurou:

— Governo é governo.

Curvou-se e ensinou o caminho ao soldado amarelo.

Este instantâneo — menos ou mais que uma história — está em *Vidas secas*, de Graciliano Ramos. Veja quanto revela da sociedade brasileira! O respeito, ou medo, ao Estado quase se transformou em uma segunda natureza nossa.

"Governo é governo."

Um que se ferrou

Em outubro de 1883 foi morto no centro do Rio, com sete facadas e dois tiros, um jornalista negro. Apulcro de Castro mantinha havia três anos um pasquim verrumeiro. O *Corsário*, que investia contra a vida privada de "homens de bem", celebridades, políticos, militares, comerciantes, artistas e pasquins concorrentes — contanto que lhe pagassem. Um de seus alvos foi José do Patrocínio, acusado de aventureiro, vigarista, espertalhão, explorador venal do abolicionismo.

O *Corsário* circulava em dias alternados, exceto aos domingos, formato padrão, quatro páginas pequenas. Aí por 1880, nenhum jornalista faturava tanto quanto esse preto baiano, talentoso para a intriga, o apelido, a *blague* desmoralizante, na venda avulsa e na escroqueria: sugerir que sabia do "podre" de alguém para lhe vender o silêncio. Sua senha para negociar era a assinatura no fim dos artigos: "Um que sabe." O ministro da Justiça tentou lhe comprar o *Corsário*, ele reapareceu um ano depois, cada vez mais atrevido e mais lido. Se pode ter uma ideia do estilo jornalístico de Apulcro por esses versos contra o chefe de polícia:

Bêbado, burro, venal,
Ladrão, safado, brejeiro,
Sentina, infame, jogral,
Bêbado, burro, venal,
Alcoviteiro, chacal.
Bêbado, burro, venal,
Ladrão, safado, brejeiro.

Apulcro foi, em grau máximo, o que chamamos hoje de politicamente incorreto. Num tempo em que os formadores de opinião eram, em geral, republicanos e abolicionistas, defendeu a escravidão: negro nasceu pra burro de carga, escrevia. Colecionava desafetos, inclusive dom Pedro II ("esse safardana, esse miserável, esse malvado, [que] tenta ser santo quando é um criminoso que a justiça humana devia, merecidamente, condenar a sofrer a pena que o glorioso Tiradentes sofreu imerecidamente"), passando por Machado de Assis, que se iniciava no jornalismo, e por Aluísio Azevedo ("não tem elemento para se dizer romancista: é um tolo com fumaças de escritor").

Até que se meteu com oficiais do Primeiro Regimento de Cavalaria. Vinte deles o esperaram na saída da delegacia, onde fora pedir garantia de vida, e o massacraram. Apulcro, na trilha de tantos outros negros da vida real ou da ficção, até hoje, aprendera as regras do sistema, mas se ferrou ao utilizá-las a seu favor.

Veja o leitor em que dá o costume de paquerar velhas estantes. Achei essa história no *Dicionário Biobibliográfico Brasileiro*, volume 1, 1937, de Velho Sobrinho.

A origem do leitor

Em Roma, lá pelo ano 300 a.C., se podia ler tudo o que havia num dia. Eram leis, tratados, votos, orações, prosopopeias e epitáfios. Se desconheciam pontos e vírgulas. As palavras emendavam umas nas outras, só as entendia quem conhecesse de antemão a sua mensagem — não havia, portanto, razão para serem lidas. Havia também, é verdade, uma dúzia de rolos em casas de magnatas e políticos. Duas vezes por ano ordenavam aos escravos desenrolá-los para pegar sol:

— Soltem o verbo!

É a origem da conhecida expressão.

Roma era bastante bucólica e perigosa naquele tempo. Um certo Camilo A., voltando do mercado ao entardecer, parava de vez em quando, de propósito, para aspirar o cheiro de bosta. Pelo menos era o que dizia em casa. Nessas ocasiões, nuvens de mosquitos muito pequenos lhe dançavam no topo da cabeça. Se fosse outono, ardia o horizonte a sua frente e lhe passavam pela alma ideias que sua língua não poderia dizer. Falava uma mistura de latim e volsco (dialeto falado pelos volscos, antigo povo da Itália).

Pensando em Roma, lembramos de Plauto, o Debochado, e Virgílio, o Plagiário, mas grassava, inclusive no Senado, um analfabetismo de pai e mãe. Quando a plebe conquistou a Lei das Doze Tábuas (451-449 a.C.), se formou por nove dias uma fila no fórum para vê-la e tocá-la, tanto que se gastaram as letras e começou uma revolta, precisando o tribuno Mânlio, o Esperto, explicar cem vezes que as leis não deixavam de existir por causa disso: a qualquer momento podiam ser recopiadas em novas tábuas de cobre enceradas.

Camilo A. descendia, sem saber, de uma sabina com um ladrão de trigo. Estava no bucho quando lhe enforcaram o pai no local em que veio a se erguer mais tarde — no tempo de Sila, o Reacionário — a herdade de Salustio, o Dorminhoco.* Tendo feito certa vez no mercado um serviço extra, o fenício que o contratara ia abrir a bolsa, quando Camilo avistou um rolo e pediu:

— Me pague com aquilo.

— É muito — disse o comerciante.

— Semana que vem trabalho mais. Confie em mim.

— Então leve.

Pegou a mania de voltar para casa parando para ler a história, que terminava abruptamente. Nunca lia na frente do outros, escondia o rolo, só o abria na caminhada hodierna, enquanto houvesse luz.

---

* Nessas últimas linhas citei muitos nomes importantes da história de Roma: Tito Macio Plauto (ca. 254 a.C.-184 a.C.), um dos componentes da chamada Comédia Nova, tratava, em suas peças, de forma debochada da vida pública e religiosa de sua época. Virgílio (70 a.C.-19 a.C.), o poeta clássico, se inspirou em Homero para escrever sua obra mais importante, *Eneida*. Lúcio Cornélio Sula ou Sila (ca. 138 a.C.-78 a.C.), após invadir e conquistar Roma em 81 a.C., tornou-se seu ditador vitalício. Caio Salústio Crispo (86 a.C.-34 a.C.), senador partidário de Júlio César, quando mais velho, retirou-se para sua mansão para escrever ensaios sobre os fatos da política que vivenciou. E, finalmente, a Lei das Doze Tábuas foi a primeira lei romana.

A mulher e os filhos o advertiram:

— Olha que topas com um laurice! Adora distraídos como tu. Tua irmã foi devorada.

A filha, de quem os mosquitos também gostavam em especial, puxou outra razão:

— Pai, as obras do muro laurentino estão um perigo. Se te cair em cima, quebras a perna.

Um dia em que se atrasou além do costume, a família o encostou na parede:

— Terás agora de explicar por que lês. Que espíritos te pegaram?

Camilo arrancou um espinho do pé para ganhar tempo:

— Leio porque sou um homem fraco.

O fim das classes

O ano de 1919 teve pelo menos dois fatos interessantes.

Primeiro: Rui Barbosa acabou com as classes no Brasil. Candidato à presidência da República, discursou assim na Associação Comercial:

"Não me agrada, senhores, esse nome de classes. Como classes, numa sociedade nivelada, aonde os próprios vestígios da escravidão se vão diminuindo na fusão de todas as raças? Como classes, no Estado legal de direitos, onde hierarquias e dignidades se oferecem a todos os indivíduos, sem acepção de nascimento, cor ou herança? O vocábulo soa mal porque favorece equívocos, invejas, rivalidades e melhor seria, destarte, removê-lo de uma aplicação inconveniente."

O segundo fato foi a expedição científica para testar a Teoria da Relatividade Geral, de Einstein. Sobral, hoje segunda cidade do Ceará, e a Ilha do Príncipe, na África Ocidental, foram as escolhidas.

A hipótese de Einstein era revolucionariamente simples: o formidável campo gravitacional criado pelo Sol deveria desviar a luz das estrelas posicionadas nas suas imediações. Fotografavam-se essas estrelas

Crônicas para ler na escola **139**

durante o eclipse e depois dele; se então aparecessem noutra posição, era que a gravidade do Sol desviara o trajeto da luz.

Na Ilha do Príncipe a experiência fracassou. O céu se cobriu de nuvens feias. Fizeram apenas duas fotos. Mas aqui, depois da tarde fechada, a noite de 29 de maio de 1919 foi linda, fizeram sete boas tomadas. Eis que, no glorioso Ceará, a nova teoria da gravitação substituiu de vez a que havia sido proposta por Isaac Newton no século XVII.

Sobral se chamou, até 1842, Fidelíssima Cidade Januária do Acaraú. Conserva até hoje outros nomes antigos e lindos, como Beco do Cotovelo, Capela da Mãe Rainha. A própria teoria de Einstein, quando Sobral não passava de 2 mil habitantes, teve na boca do povo nome poético. No lugar de se dizer Teoria da Relatividade Geral, era Teoria sobre o Peso da Luz.

Um dos ilustres filhos de Sobral — não foi Belchior, nem Renato Aragão, nem um dos falecidíssimos Domingos Olímpio ou padre Ibiapina,* cujo cuspe tinha propriedades curativas — me contou a seguinte história. O astrônomo inglês Charles Davidson, chefe da expedição científica, no dia do eclipse ansiosamente esperado, quis comer um prato da terra. Das várias opções, injustamente recusou a buchada de bode, preferindo rabada com agrião, mais leve.

Contrataram Zefa do Pau, a melhor cozinheira no raio de muitas léguas. Convivas e poetas locais, recém-promovidos a cientistas, sentaram numa tenda sob calor de quarenta e tantos graus. Zefa só não podia servir,

---

* Os ilustres filhos de Sobral citados são: o cantor e compositor Belchior (1946); o comediante Renato Aragão (1935), o Didi de *Os Trapalhões*; o escritor Domingos Olímpio (1850-1906), um dos precursores do romance moderno no Brasil, autor de *Luzia-Homem* (1903); e o padre Ibiapina (1806-1883), que percorreu inúmeros estados do Norte e do Nordeste organizando missões, construindo igrejas, capelas, açudes, abrigos, cemitérios e hospitais.

não tinha classe. Foi embora pra casa. Também não quis ver o eclipse, por razão metafísica. Só no outro dia, tarde para protestos, vem a saber que o camareiro de Davidson, por ignorância ou má-fé, jogou no lixo os talos do agrião, só deixando vir à mesa as mirradas folhinhas da verdura que ela catara tão longe.

Tinha razão o Águia de Haia* em abolir as classes.

---

* Rui Barbosa (1849-1923) recebeu o apelido de "Águia de Haia" do barão do Rio Branco por conta de sua brilhante participação na II Conferência Internacional da Paz que ocorreu em Haia, na Holanda, em 1907.

Lição de Rui

Guilherme I, o Conquistador, também dito o Bastardo (1027-1087), depois de invadir e atravessar a Normandia, talando roças, arrancando vinhedos, cortando pomares, incendiando vilas e cidades, caiu ferido nas ruas de Nantes. Nantes é hoje perfeito exemplo daquilo que os guias turísticos chamam de cidade aprazível: lôbrega nas noites de inverno, sorri nas manhãs de primavera. Difícil imaginá-la palco da ferocidade humana, abrasada em chamas.

Guilherme exalou o último suspiro no mosteiro de Saint--Gervais. Seu cadáver foi abandonado pela nobreza e pelo clero, no meio das cenas de pilhagem que se seguiram. Só em um fidalgo normando encontrou mãos piedosas. Este anônimo o transportou para a abadia de Saint-Étienne, erigida pelo próprio morto, anos antes, em Caen. Lá, ainda hoje, debaixo de uma lápide negra, dormem os restos do terrível Conquistador ou Bastardo.

Mas, antes de se recolher à derradeira jazida, quando lhe abriam, entre o coro e o altar, a cova em que ia baixar o féretro, um caso estranho e insólito deteve a santa cerimônia, enchendo os circunstantes de assombro. Um homem se adiantou à turba dos fiéis: "Haro!" — ouviu-se o brado legal de apelo à justiça e à lei, o "aqui del-rei" daquele tempo. Tomados, assim, de sobressalto, ficaram todos. Encaravam o intruso. Era Ascelino, filho de Arthur, modesto sujeito da região, figurinha fácil nas feiras e tascas.

"Clérigos e bispos!", clamou Ascelino. "O chão em que estais era o sítio da casa de meu pai. O homem, por quem fazeis prece, o tomou à força da minha família, quando simples duque da Normandia. Fez isso com a afronta de toda a justiça, por um ato do poderio tirânico. Depois é que fundou esta abadia. Eu não vendi o terreno, não o empenhei, também não o perdi por sentença, nem o doei. Reclamo, pois, este terreno. Demando a sua restituição. E, em nome de Deus, proíbo que o corpo do esbulhador se cubra com a gleba da minha propriedade, que durma na herança dos meus pais."

Os assistentes conheciam Ascelino, filho de Arthur. Sabiam do fato e apoiaram com o seu testemunho os embargos do prejudicado. Enquanto isso, o caixão real aguardava a decisão do litígio. Àquela altura, o Conquistador já estaria fedendo. Antes que a terra recebesse seu hóspede, os prelados tiveram de reembolsar ao dono da terra o valor do sítio ocupado pelo jazigo. E combinar, ali mesmo, com Ascelino, o montante da indenidade pelo solo onde se havia construído o templo. Só então suspendeu o pleiteante seu impedimento. E o corpo do soberano desceu, enfim, ao sarcófago, que o esperava.

Aos que não sabem o que é justiça, Rui Barbosa — de quem recolhi a narrativa — mandava pôr os olhos neste espetáculo medieval. As potestades humanas e divinas, o templo, a morte, os próprios funerais dos senhores do mundo — nada se opõe a que ela se exerça, e domine, e triunfe.

Lealdade

Uma pérola do meu caixote de livros, na adolescência, era um conto do norte-americano Erskine Caldwell (1903-1987), especialista nos *white trashes** da América profunda.

Geórgia, 1930. Um empregado branco, Lonnie, vai pedir ao patrão uma ração maior para o pai e a mulher. Um dos empregados negros, Clem Henry, ao contrário dele, reclamava sem medo. Lonnie chega no instante em que o patrão se prepara para cortar o rabo da sua cadela. Na esquina do posto de gasolina, com mais dois ou três negros, o destemido trabalhador negro assiste. O patrão, Arch, coleciona rabos de cães. Que faria o negro se o cão fosse dele? Em 15 anos de permanência na terra, Lonnie nunca o vira correr de ninguém. O olhar de todos está preso ao centro da cena. Arch, o patrão branco, Lonnie, o meeiro pobre, Nancy, a cadela, uma faca na mão de Arch. Lonnie tinha vindo pedir uma fatia de toucinho e um pouco de melaço, agora lhe faltava coragem. Nancy saiu

---

* Termo depreciativo para designar pessoas brancas de baixo nível social.

pulando, dando voltas, mordendo o coto sangrento. "Às vezes gostaria que os pretos tivessem rabo", disse Arch, guardando o rabo de Nancy no bolso, "pelo menos haveria mais o que cortar".

Naquela madrugada gelada, a mulher de Lonnie o despertará, assustada: seu velho pai sumiu. Lonnie sai para procurá-lo, chega às cabanas dos negros. Da escuridão, vem o grunhir dos porcos de engorda. Quem podia ajudá-lo se não Clem, pau para toda obra? "Vai ver" — disse Clem, para tranquilizá-lo — "estava com fome demais para ficar na cama. Por que não pediu ração inteira e não procura um patrão melhor?". O pobre-diabo branco respondeu: "Sou leal a Arch há muito tempo." O negro o olhou, não disse nada, se dirigiu para o chiqueiro. Os porcos se mordiam e rosnavam como uma matilha de lobos famintos sobre um coelho morto. O rosto, o pescoço e o estômago do velho haviam sido completamente devorados. Clem propôs que Lonnie fosse acordar o patrão. Lonnie tenta defendê-lo: "Não teve nada que ver com isso: tem tanta culpa quanto eu." Temia ouvir um negro reclamar de um branco. Arch era difícil de acordar; furioso, o acompanha. Clem o encara: "Eu não podia ficar vendo alguém ser comido pelos porcos e não fazer nada." Falava altivo, olhando no olho como se também fosse um homem branco. Os dois se enfrentam, armados de aguilhões. Arch volta à sua casa para buscar a sua espingarda e os amigos. A salvação de Clem Henry é se esconder num bosquezinho, até que cansem de procurá-lo. Lonnie propõe que dê o fora de vez, mas como ia deixar a família? Clem pede a Lonnie uma pequena ajuda: quando chegarem os justiçadores, minta que fugiu na direção contrária, a do pântano. Arch chega e Lonnie argumenta que o negro não estuprou mulher branca, não roubou etc. "Estava só me ajudando, nada mais." Arch lhe aperta o pescoço. "Onde se escondeu Clem?" Lonnie aponta para o pequeno bosque onde fica o riacho. O pântano era na direção oposta. Quando voltou para casa, a mulher quis saber se trouxera a carne. "Não" — sussurrou — "não tenho fome".

A pele

Na minha juventude, "fascista" era um xingamento terrível. Bato os olhos num romance de 1948, de Curzio Malaparte,* e me dá vontade de dizer aos jovens de agora o que era um fascista.

Curzio já era famoso por *Kapput* (1944), romance-documentário sobre as atrocidades da Segunda Guerra Mundial. Participou da ascensão de Mussolini, entre 1918 e 1922, foi seu quadro intelectual. Esta é a primeira definição de um fascista: militante do Partido Fascista. No poder, Curzio se sentiu mal com a amizade de Hitler, as vilanias que presenciou. Criticou, foi condenado a cinco anos por atividade subversiva. Conheceu

---

* Pode-se dizer que o escritor italiano Curzio Malaparte (1898-1957), pseudônimo de Kurt Erich Suckert — "Malaparte" é um jogo de palavras com o sobrenome de Napoleão Bonaparte —, viveu a primeira parte de sua vida defendendo o fascismo e, a segunda parte, o combatendo. Depois de lutar com honrarias na Primeira Guerra Mundial, se ligou a Benito Mussolini e ao Partido Fascista. Tempos depois, se virou contra o regime, o que o levou à prisão e ao exílio. Durante a Segunda Guerra Mundial, já colaborava com os comunistas.

a tortura. Em 1938, quando Hitler visitou Roma, é preso de novo. Está em liberdade em 1943, quando começa a derrocada do regime: Mussolini é deposto, os Aliados, por meio do V Exército norte-americano — a que também se incorporou a nossa FEB (Força Expedicionária Brasileira) —, desembarcam em Nápoles, começando a ofensiva que terminará com a derrota do Eixo. Curzio que, além de italiano, escrevia em inglês, francês e alemão, é nomeado oficial de ligação. Mantinha, em torno do seu *palazzo* em Capri, uma rede de relações militares, políticas, intelectuais, diplomáticas. Seus companheiros habituais são do Estado-maior norte-americano.

O espetáculo que apresenta em *A pele* foi descrito muitas vezes por ex-combatentes brasileiros: custava um cigarro, um chiclete, o corpo de uma italiana. Por uma migalha de *spam* (o abominável pastelão de carne de porco sob espessa camada de milho cozido, dos americanos) fazem qualquer coisa. Prostituição geral, da princesa de Candia aos pivetes que saíam, diariamente, para caçar um soldado, americano ou marroquino, que lhes alimentasse a família. Curzio Malaparte sofre muito com a miséria dos conterrâneos, mas não pode se aproximar deles, é um ex-fascista que aderiu aos vencedores. Se divide entre a piedade e a vergonha. Quando o V Exército entra, finalmente, em Roma, eis o erudito Malaparte, à frente dos tanques Scherman, apresentando aos comandantes norte-americanos as relíquias da Via Appia antiga. Ao avistarem o Coliseu, um deles comenta: "Os nossos bombardeiros trabalharam bem! *Don't worry, Malaparte. That's war!* [Não se preocupe, Malaparte, é a guerra!]"

Em 1956, Curzio foi à China. Na volta, se declarou simpatizante do marxismo-leninismo, que criticara com furor em seus escritos. Na sua militância fascista e mesmo depois atacara duramente os comunistas: só os invertidos sexuais podiam ser aquilo. Passou, em suma, de Mussolini a Mao. Um homem sofrido, uma personalidade extremista, uma biografia errática, uma consciência mística. Não conseguia ver os fatos na sua dimensão histórica, mas apenas na sua aura trágica: Homem × Natureza, Ódio × Amor, Vergonha × Honra, Pecado × Salvação, Duce × Massa, Alma × Pele. O triste Curzio Malaparte foi um fascista.

Um chofer de praça

Agosto é o mês que o presidente Getúlio Vargas se matou. A volta do parafuso, que culminou naquela manhã de 24 de agosto, começou no dia 5, pouco depois da meia-noite. Dois tiras enviados para espionar o jornalista de oposição Carlos Lacerda — mais tarde governador da Guanabara e um dos líderes do golpe civil-militar de 1964 — o esperam na porta de casa, rua Tonelero, Copacabana. O motorista, à moda de Chicago, estaciona numa rua transversal atrás do prédio. Os tiras veem Lacerda desembarcar com o filho e um segurança. O garoto tem 15 anos e se lembrará para sempre daquela noite. O segurança é o major da Aeronáutica Rubens Vaz.

O trio agora se despede. Um dos tiras atravessa a rua mal iluminada e vazia — somente um casal atracado embaixo de uma árvore. Abotoa o jaquetão, fumando à Glenn Ford (galã durão dos "policiais" americanos). O segurança de Lacerda faz que retorna ao carro, contorna-o e surge a dois passos do sujeito:

— Ei, quem é você? Onde pensa que vai?

Dá-lhe voz de prisão, lhe aplica uma chave de braço. Ouve-se o primeiro tiro. O segurança parece ferido nas costas. Alcino João — esse o nome do tira — passa o braço livre por sobre o próprio ombro e, com dois tiros de 45, acaba de despachá-lo para o além.

O que acontece com o assassino, em seguida, é coisa de cinema. Troca tiros com um vigilante, despenca no táxi que o trouxera à rua Tonelero, se desfaz da arma na praia do Flamengo, discute com o chofer, engole uma cerveja com gosto de sangue na praça da Bandeira. Depois, a prisão, a tortura, 21 anos e oito meses de cana, pegajosos e mornos como as águas de uma cisterna sem fundo.

O Inquérito Policial Militar instaurado pela Aeronáutica "provou" (desconfiemos dessa prova) que o mandante do "atentado" ao jornalista, que resultou na morte do major Rubens Vaz, havia sido Gregório Fortunato, chefe da guarda pessoal de Getúlio. Gregório "confessou" que o mandante principal foi Benjamim, irmão do presidente.

A nação, horrorizada, exige a renúncia. Getúlio, emparedado, se mata 19 dias depois.

Moreno de cabelo liso, em menino o chamavam Raimundo Bom Cabelo. Fazia ponto na porta do Catete com um Studebaker preto, o carrão da época. Na noite de 5 de agosto, fez uma corrida para dois tiras até Copacabana. Pediram que esperasse. Dali a pouco um tiroteio. Um dos tiras, Alcino João, se joga no táxi, gritando. Desce na cidade. Voltando para casa, Raimundo ouve música no rádio. Interrompem urgente para anunciar o crime inominável. Raimundo cai em si. Inspeciona o Studebaker: está crivado de balas. Apavorado, se apresenta ao distrito mais próximo, esquina de Catete com Bento Lisboa.

Cochilando sobre um braço esticado na mesa, o investigador abre um olho:

— O que deseja, amigo?

— Tenho um táxi. Entrei de gaiato nesse atentado da Tonelero.

— Onde foi mesmo?

— Rua Tonelero, Copacabana.

— Pô! E tu vem perturbar o meu plantão? Aqui é Catete.

A História desabara sobre a cabeça de Raimundo Bom Cabelo. Do investigador que só queria dormir, não ficou o nome.

Miosótis fanado

Em abril de 1782, uma moça de 20 anos foi aceita no Convento de Nossa Senhora da Conceição da Lapa, em Salvador. Em fevereiro de 1822, saiu de lá, furado a golpe de baioneta, o corpo de sóror Joana Angélica de Jesus. Era a mesma pessoa. O que se sabe dela, com certeza, cabe numa página. O resto é imaginação.

Em 1822, antecipando a guerra pela Independência (1822/1823), a temperatura política subiu na Bahia. Dias 18, 19 e 20 de fevereiro, ataques a quartéis e distúrbios de rua enfureceram o comandante português Madeira de Melo, o "Madeira Podre". Como de costume, agitadores se esconderam no convento. Naquela manhã fatídica, entre o claustro e os soldados, só uma porta de madeira pesada. Apareceu a abadessa, manto azul e branco das concepcionistas-franciscanas, cabelo embranquecido, 60 anos.

Joana tinha vivido sempre mansamente. Seus pais foram de boa conduta e posses, estabelecidos na cidade, proprietários de terras e de pretos no interior. Somente sinhazinhas ricas entravam em claustros como aquele, fundado em 1744.

Quando a mãe, viúva, pediu ao arcebispo que lhe recebesse a filha, a velha temia pelo futuro de Joana — a orfandade e a decadência econômica afastariam os bons partidos. Joana parecia, além disso, amar muito as coisas do Alto. Dona Catarina não esperava ser atendida. No mesmo ano em que nasceu Joana, viera de Pombal uma ordem inflexível: "nenhum mosteiro receba mais noviças". Só que, ao vê-la, jeito fanado de miosótis esquecido entre as páginas de um missal, o arcebispo cedeu.

Em 1814, Angélica, como preferia ser chamada, já era abadessa, cargo eletivo que ocupou várias vezes.

Naquela manhã de 20 de fevereiro de 1822, a tropa colonialista invadiu o convento. A abadessa abriu os braços em cruz, na porta do claustro. Quem conta é o seu imaginoso biógrafo, Hugo Baggio — informação a turistas: é a segunda porta de quem entra no convento.

— Para trás, bárbaros! Respeitai a casa do Senhor! Esta passagem está guardada por meu peito e não passareis senão por sobre o cadáver de uma mulher!

Verdade ou invenção, o diálogo não foi fácil. Os repressores a acusavam de esconder desordeiros. Saísse da frente. Joana hesitou um instante. Chegava até ali o cicio das freiras rezando. Foi rápido. Ela sentiu gosto de sangue e penetrou num espaço branco, informe.

O encanecido capelão Daniel da Silva Lisboa, que também acudiu, quis ampará-la. Foi afastado a coronhadas. As irmãs, nesse meio--tempo, se escondiam em lugar seguro.

O que não se sabe é se os profanadores acharam lá dentro os agitadores que procuravam.

Final feliz

Quando o obsessivo Colombo chegou à América, chamou a gente que encontrou de índios. O conhecido eram as Índias. Ele definiu o novo pelo antigo, a experiência nova pela tradição. Aquela gente não podia ser senão índios. Mais ou menos como pensam os que se encontram com ETs, em estradas desertas e serras remotas, os escritores de ficção científica e os roteiristas de *Guerra nas estrelas*. Menos do que ignorantes, são criaturas medievais, no sentido em que foi Colombo — apesar de fundador dos tempos modernos —, só podem conceber mais do mesmo, reprodução sem fim da quantidade.

Talvez o leitor não veja a telenovela das oito (que hoje é às nove).

Há nesse folhetim eletrônico, "padrão Globo de qualidade", uma alienação explícita: a concepção da vida humana como satélite do dinheiro. Pobre quase nunca é feliz, as relações amorosas não passam de variantes do golpe do baú. Há cinquenta anos (como voa o tempo!), o maldito escritor francês Guy Debord chamava esse lixo de vida inautêntica.

Caminho das Índias, de Glória Perez, já não me irritou. Teria eu, finalmente, me deixado embriagar pela carpintaria fantasiosa do gênero? Fiquei viciado em novela? É possível, mas quero resistir. Não verei a próxima, nem por descuido, milhares de livros me esperam para releitura — Malraux, Ciro Alegría, Gibbon, Dyonélio Machado...*

Glória Perez, há três décadas, pelo menos, tenta infundir conteúdo crítico ao gênero. É dificílimo, pois a forma da telenovela é, em si mesma, bestificante. Herdeira de Janete Clair (1925-1983), que veio da radionovela para a tela, Glória tem o sentimento do social e do político. Sei também que é consciente do papel alienante da telenovela, busca sempre compensá-la com mensagens antissistêmicas, digamos assim.

Em *Caminho das Índias* há diversas dessas mensagens sutis. Para começar, o preconceito de casta. O cenário é a Índia exótica, dançante e luxuosa. No final, acossada pelo amor, a casta se estrepa. Está dentro do figurino romântico, é verdade. Só que a casta aparece como forma de garantir um amor não individualista, que se constrói a partir de um casamento arranjado pela família, não por escolha livre do coração. Numa palavra: vitória do amor construído sobre o amor romântico.

Outra, menos sutil, é a dos direitos dos loucos.

Nos anos 1960, se acirrou o debate psiquiatria/antipsiquiatria. Nenhum dos lados venceu. Como tantas vezes se viu, o desdobramento da vida aproveitou o que há de certo num e noutro lado. Em *Caminho das Índias*, a loucura de Tarso é deflagrada (não causada) pelas relações

---

* Citei aqui o grande pensador e escritor francês André Malraux (1901-1976), o escritor e político peruano Ciro Alegría Bazán (1909-1967), o historiador inglês Edward Gibbon (1737-1794) — autor do clássico *Declínio e queda do Império romano* — e Dyonélio Machado (1895-1985), um dos maiores expoentes de nossa segunda geração modernista.

familiares estressantes. A mãe, a perua Melissa, não suporta sequer a palavra esquizofrênico. No final, aceita que Tarso tome remédios e faça socioterapia com acompanhamento de um clínico. Tarso quer casar, ama uma garota que é o contrário de sua mãe.

A garota aceita. *Happy end.*

A moça triste e o picareta

Lá por 1915, na terceira classe de um navio de emigrantes para a América do Sul, um russo, Bogoloff, tentou flertar com uma judia, Irma. Irma tinha olhos negros, sonhadores. Contemplando a linha do horizonte, perguntou-lhe:

— Posso saber para onde a senhorita se dirige?

— Buenos Aires. Quando estiver um pouco estragada, irei para o Rio de Janeiro.

No Rio, começavam a desembarcar os passageiros, pela ordem das classes, quando Bogoloff foi chamado por um oficial:

— Como se chama?

O intérprete traduziu. Bogoloff respondeu em francês que não entendera. O intérprete — um tipo alto, magro, com uma pequena barbicha alourada — se zangou:

— Você não é russo, como não compreende russo?

Irma, que sabia francês, ajudou. O funcionário pediu que escrevesse.

— Gregory Petrovich Bogoloff.

Espiou o papel e perguntou de surpresa:

— Sua profissão?

— Professor.

O homem pareceu não se conformar.

— Você não é cafetão?

— Por quê? — fez o russo, indignado.

— Estes nomes em "ich", em "off", em "sky", quase todos são de cafetões. Não falha, ou são cafetões, ou anarquistas.

Bogoloff negou com veemência. Foi liberado.

Meses depois, um cabo eleitoral apresentou Bogoloff ao senador Sofônias, que tinha um olhar vidrado de agonizante. Recebeu prazenteiro o russo, como todo brasileiro a quem solicita alguma coisa. Deu uma carta de apresentação para Xandu, ministro da Agricultura, que o recebeu prontamente:

— Ah, a sua Rússia! O que falta ao Brasil é o frio. Tenho em casa uma câmara frigorífica, oito graus abaixo de zero, onde me meto todas as manhãs. O frio é o elemento essencial às civilizações. Penso em instalar grandes câmaras frigoríficas nas escolas, para dar atividade aos nossos rapazes. Mas, enfim, quais são suas ideias?

— São simples. Por meio de alimentação adequada, consigo porcos do tamanho de bois e bois do tamanho de elefantes.

— Mas como?

— O grande químico inglês Welis já escreveu algo a respeito. Conhece?

— Magnífico! E o tempo de crescimento?

— O comum. E ainda consigo a completa extinção dos ossos.

— Completa?

— Isto é, quase completa.

Bogoloff enrolou Sua Excelência um pouco mais:

— Estudei um método de criar peixes em seco. Procedo artificialmente, isto é, provoco o organismo do peixe a criar para a sua célula um meio salino e térmico igual àquele em que se desenvolveu a vida no mar.

Voltou para casa, certo de que continuaria a procurar emprego. Dia seguinte, ao abrir os jornais, fora nomeado diretor da Pecuária Nacional.

E Irma? Não sabemos dela.

La sábana amarilla

Mamá, este es mi amigo Joel [Mamãe, este é meu amigo Joel]. A senhora magra combinava olhos inteligentes com um sorriso malandro, mantido todo o tempo em que estive em sua casa. Ao jantar, conheci o marido: alto, espaçoso, advogado endinheirado, sócio do River Plate; incapaz de levar desaforo pra casa, contava entre suas façanhas ter apresentado a cidade a Waldir de Souza, o Didi, campeão do mundo em 1958. Antonio Moles mal me apertou a mão abriu seu estoque de piadas obscenas, tão velhas que já não ruborizavam a mulher, Titi. Não observei que ela tinha o mesmo apelido da personagem de *A relíquia*, de Eça de Queiroz, que considerava obscena a natureza por ter criado dois sexos ao invés de um.

Eu estava fascinado pelas garrafas verdes de sifão. Por que a chamavam de soda? Era soda de verdade ou água comum convertida pelo artefato? Comi bem, vencendo a cerimônia. Na sala havia uma cristaleira, um janelão para a rua, uns retratos ovais de avós — o homem, sósia do barão do Rio Branco, a mulher de leque no colo, cara de Carlota Joaquina. Na hora do licor e do café, Antonio Moles abriu a janela para fumar charuto, talvez oferecesse ao filho. Fazia o calor úmido que torna o verão portenho irmão do de Nova Orleans, tão diferente do de Dakar, que vem do deserto.

Vindo de carro de Santiago, eu estava cansado. Titi se antecipou ao filho, me indicou o quarto de hóspedes, o pequeno banheiro, talvez tenha aberto um instante a janela que dava para os fundos. "Fique à vontade." Seu ar sempre sonso — ela ensinava história da arte — funcionava como controlador de situações, como a do marido obsceno.

Vi que a cama não tinha lençol. Meu amigo me levou ao seu quarto, mostrou livros, conversamos ninharias, me prometeu passeios. Titi reapareceu: *Su pieza está arreglada. Pase quando quiera* [Seu quarto está arrumado. Deite quando quiser]. Então, quando me recolhi, vi que a cama tinha lençol amarelo.

Conheci Alfredo Moles em Santiago de Chile, talvez em julho, certamente em 1964.

Vindo do exílio triste na Bolívia, passei por Mendoza, Argentina, antes de chegar a Santiago. Ali conheci uma louça esmaltada parecida com a que tinha meu avô como única riqueza — ele fora lixeiro no Rio de 1940 e duvido que a tenha comprado. Em Santiago o rádio berrava sem parar uma canção ao estilo da cantora e atriz italiana Rita Pavone, eu imaginava uma adolescente de soquete, gorro, pintada, girando a cabecinha como liquidificador Walita. *Qué va a cantar? Estelita, pues* [O que vai cantar? *Estelita*].

No Estádio Nacional, jogavam um quadrangular, Santos, River, Universidad Católica e Seleção Tcheca. No fim de uma partida, um grupo de exilados desceu ao vestiário do time brasileiro. Anísio Teixeira olhou Pelé, Lima, Durval no banho e disse uma frase de pensador: "Vocês são clássicos e não sabem."

Se Pelé não tivesse jogado, o melhor do torneio seria Masopust (jogador tcheco), levemente atarracado como Maradona, conduzindo a bola da defesa ao ataque, como Sivori (ítalo-argentino) ou Zizinho. Na fila de ingresso para River x Santos, troquei umas palavras com um rapaz de terno de linho branco, sem gravata. Dias depois o encontrei numa discussão de exilados. Anos depois, no DOI-Codi (Destacamento de Operações de Informações do Centro de Operações de Defesa Interna), órgão de repressão do regime militar brasileiro, em São Paulo, esperaria ansiosamente que Alfredo Moles não chegasse, ou melhor, que não o trouxessem.

Quando o reencontrei, depois de vinte anos, me contou que a mãe não me dera lençóis brancos por uma razão estética.

Datas e locais de publicação das crônicas deste volume

Versões dos textos desta coletânea que não constam na lista a seguir foram publicadas entre 2007 e 2012 nos jornais *O Estado de S. Paulo* e *Folha de S. Paulo* e nas revistas *Democracia Viva* e *Caros Amigos*.

Banhas do ouvidor, As | publicado na revista *Almanaque Brasil*.

Brancos sempre esperam que os outros cumpram o seu dever e **No Maracanã, domingo à tarde** | textos publicados originalmente no livro *O que é racismo*, da editora Brasiliense.

Colégio | publicado no site ControVérsia como "O estouro da boiada", em 12 de novembro de 2009.

Fim das classes, O | publicado na revista *Almanaque Brasil* com o título "Rui Barbosa, Albert Einstein e Zefa do Pau".

Histórias | publicado na revista *Almanaque Brasil* com o título "A Semana e o match de 1922".

História política do futebol | trecho da introdução do livro de mesmo título originalmente publicado pela editora Brasiliense (1981).

Hora do show, A | publicado originalmente como "Depois do tráfico, o videocapitalismo", no *Jornal do Brasil*, em 6 de julho de 2001.

Laylat al-Qadr | publicado em versão compacta no *Tribuna de Anápolis* com o título "Revolta dos malês", em 21 de janeiro de 2013.

Lição de Rui | publicado na revista *Almanaque Brasil*.

Napoleão no Brasil | publicado na revista *Almanaque Brasil* com o título "E quem quiser que conte outra".

Origem do leitor, A | publicado na revista *Almanaque Brasil*.

Pó da condessa, O | publicado na revista *Almanaque Brasil*.

Profecia dos caifazes, A | publicado na revista *Almanaque Brasil*.

Recado carinhoso para um zagueiro | publicado na revista *Almanaque Brasil*.

Soldado amarelo, O | publicado na revista *Almanaque Brasil*.

Um chofer de praça | publicado na revista *Almanaque Brasil* com o título "O dia em que a História desabou sobre um chofer de praça chamado Raimundo".

Uma pistola dourada | publicado na revista *Almanaque Brasil*.

Conheça mais sobre nossos livros e autores no site
www.objetiva.com.br

Disque-Objetiva: (21) 2233-1388

Este livro foi impresso na
LIS GRÁFICA E EDITORA LTDA.
Rua Felício Antônio Alves, 370 – Bonsucesso
CEP 07175-450 – Guarulhos – SP
Fone: (11) 3382-0777 – Fax: (11) 3382-0778
lisgrafica@lisgrafica.com.br – www.lisgrafica.com.br